让日常阅读成为砍向我们内心冰封大海的斧头。

黑铁时代

AGE OF IRON

J.M. Coetzee

[南非] J.M. 库切 —— 著

李青长 —— 译

献给

V.H.M.C.
(1904—1985)

Z.C.
(1912—1988)

N.G.C.
(1966—1989) [一]

目录

第一章 / 1
第二章 / 37
第三章 / 98
第四章 / 206

译后记 / 241

第一章

车库旁边有条甬道,你可能记得,你和你的小伙伴有时候会在那儿玩。现在那儿是块荒地,不派用场,也无人踏足,只有风吹来的落叶在那儿堆积、腐烂。

昨天,在这条甬道尽头,我无意中发现一个用纸板箱和塑料布搭起来的屋子,里面蜷着一个男人,看得出是从街上过来的:高,瘦,皮肤粗糙,龇着两颗蛀黑的尖牙,穿件麻袋一样的灰西装,头上一顶耷拉着帽檐的渔夫帽。他当时就戴着帽子在睡觉,帽檐压在耳朵下面。一个流浪汉,那种徘徊在米尔街的停车场,从顾客手上讨几个钱,在立交桥下面喝酒,从垃圾桶里翻东西吃的流浪汉。那种一到多雨的八月就像走进末路的无家可归者。他睡在他的盒子屋里,两条腿伸在外面,像个牵线木偶,嘴巴大张着。四周一股难闻的味道:小便,甜酒,发霉的衣服，还有些什么别的。不干净。

我站那儿低头看了他半晌，闻着那股味道，观察着他。一位上宾，偏偏在这个日子像根荆条一样到访。[二]

这是我从赛弗雷特医生那里拿到结果的日子。不是个好结果，但只属于我，只对我有意义，我无法拒绝。我只能在手里捧着，在怀里抱着，把这结果带回家，不能摇头，不能掉眼泪。"谢谢你，医生，"我说，"谢谢你的坦率。""我们会尽一切努力，"他说，"我们会一起渡过难关。"但是，在这同志般的表态背后，我已经能看出来，他在撤退。*Sauve qui peut.*[1] 他只为有生之人效力，而不是将死之人。

等到我从车上下来，我才开始发抖。关上车库的门，我浑身都在战栗：为了平静下来，我不得不咬紧牙关，死死攥住我的手提包。正是此时我看到了那些纸板箱，看到了他。

"你在这儿干什么？"我听得到自己问话声里的恼怒，但没有克制，"你不能待在这儿，你得走。"

他一动不动地躺在他的窝里，抬起眼皮，打量着我的长筒冬袜、蓝色大衣、总显得哪里不熨帖的裙子，以及被一道老太婆的嫩粉色头皮分割开的白发。

然后他收回腿，不慌不忙地站起身。一句话不说，他把背转向我，抖开那张黑色的塑料布，对折三次，折成八分之一大

---

1 法语：各自逃命；自己救自己。——译者注（本书脚注与尾注皆为译注，此后不再说明。）

小的一个袋子（上面写着"加拿大航空"），拉上拉链。我让开路。他从我旁边走过去，把一堆纸板、一个空酒瓶和一股尿臊味就留在身后。他的裤子还垮着，他往上拎了拎。我一直看着他走掉，最后听到他把塑料布藏在另一侧树篱丛里的声音。

就这样，一个小时里，两件事：害怕多时的，有了准信；来个踩点的，又下一道牒。第一只兀鹫，动作迅速，定位精准。我能抵挡他们多久？开普敦的这些清道夫，队伍一直就没缩减过。他们衣不蔽体也不冷，露宿街头也不生病，饿着肚子也不孱弱。靠酒精从体内发热。用液体火焰消灭血管里的病毒和细菌。涤地无类的食客。眼疾翅快、冷酷无情的苍蝇。我的接班人。

我不知道是怎么拖着步子踏进这空空的屋子的：每一声回响都变得渺茫，踩在地板上的每一步都绵软而恍惚！多希望你能在这里，拥抱我，安慰我！我开始明白拥抱的真正意义。我们拥抱是为了被拥抱。我们拥抱自己的孩子，是为了将来能被他们抱在怀里，以此跨越死亡，交接生命。我对你的拥抱就是如此，一直都是。我们养育孩子，是为了得到他们的反哺。家的真相，一个母亲的真相：在剩下的日子里，我将要告诉你这一切。所以，我是多么地想念你！我多想能上楼走到你身边，坐在你的床上，指尖拎着你的头发，像你上学时的那些早晨一样在你耳边轻唤："该起床啦！"然后，当你翻过身来，肌肤带着暖热，呼吸带着奶香，我会把你搂在怀里——我们把这叫作"好好跟妈咪抱一个"。这拥抱有一个从未被说出的秘密含义，那就是妈咪不该悲伤，因为她不会死，她会通过孩子继续活下去。

活下去！你就是我的生命；我爱你，就像爱生命本身。早晨我走出屋子，濡湿手指举在风中。当寒气从西北方、从你所在的方向涌来，我长久地站在那儿嗅探，希望隔着千山万水也能细细地辨认出一丝你的气息，你的颈窝和耳后依旧携带的那种奶香。

从今而后，我的首要任务：忍住找人分担死亡的渴望。爱你，爱生命，宽宥有生之人，无怨无悔地离去。拥抱死亡，我自己的、我一个人的死亡。

那么，这封信是写给谁？答案：给你，又不是给你；给我自己；给我身上的那个你。

整个下午我努力让自己保持忙碌，收拾抽屉，分类处理文件。黄昏时分我再次走出门。车库后面那个窝棚又像先前一样搭好了，黑色塑料布平整地盖在上面。那个男人缩着腿躺在里边，旁边多了一条狗，竖着耳朵，摇着尾巴。一条柯利幼犬，比刚出生的大不了多少，黑毛白点。

"不要生火，"我对他说，"你听得懂吗？我不想有火，不想有脏乱。"

他坐起身，揉着光溜溜的脚踝，四处张望，好像不知道自己身在何处。一张沧桑的马脸，酒鬼的眼睛，眼圈浮肿。怪异的绿色眼睛：不健康。

"你想吃点东西吗？"我说。

他跟着我，狗跟着他，我们一起到了厨房。他在门口等着，我给他切了块三明治。但他咬了一口之后，就好像忘了怎么咀嚼似的，鼓着腮帮子，倚着门框站着，在灯光下瞪着茫然的绿眼睛，任他的狗在一旁低声叫唤。"我得收拾一下。"我有点不耐烦地说，作势要把他挡着的门关上。他一声不响地出去了；但在他转过拐角之前，我眼看着他把三明治扔得远远的，狗随即扑了过去。

你在的时候这儿还没有这么多无家可归的人。可现在他们是此地生活的一部分。他们让我担惊受怕了吗？总体上说，没有。间或乞讨求食，偶尔小偷小摸；脏污，喧闹，醉酒——不会更糟了。我害怕的是那些游荡的小团伙，那些不苟言笑的少年，他们就像掠食的鲨鱼，离监狱的第一道阴影已经不远了。还只是孩子，却蔑视童真，蔑视好奇心和灵魂成长的童年。他们的灵魂，那个好奇的器官，已经停止发育了，石化了。而在大分界[1]的另一边，他们的白人表亲正在幽寂的茧房里把自己越缠越紧，灵魂同样不再发育。游泳课，骑术课，芭蕾课；在草坪上打板球；在牛头犬守卫着的花园围墙里暖衣饱食；天堂的孩子，白肤金发，天真无邪，闪耀着天使般的光彩，娇嫩如

---

[1] 大分界（the great divide）：这里指南非1948—1994年实行的种族隔离制度（Apartheid）。

丘比特。他们的居所是婴灵的灵薄狱[1]，他们的纯洁是蜜蜂幼虫的纯洁，丰润，雪白，浸泡在蜜里，以柔软的肌肤吸取糖分。他们的灵魂沉睡在安逸里，像个空壳。

我为什么要给这个人食物？同出一理，我也会喂他的狗（偷的，我敢肯定），如果它来讨的话。同出一理，我用我的乳房喂养过你。盈满，所以要给予；给予，只要有盈余。还有更深层的冲动吗？哪怕老了也要从干瘪的身体里挤出最后的一滴。一种想要给予、想要喂养的执念。死神的第一箭选择射向我的乳房，真是有的放矢。

今天早上，我端了杯咖啡过去，发现他在对着下水道撒尿，还一副毫不害臊的样子。

"你想找点活儿干干吗？"我说，"我有很多活儿可以让你干。"

他什么话也没说，只是用双手捧着马克杯，啜着咖啡。

"你是在浪费生命，"我说，"你不是小孩子了。你怎么能这样活着？怎么能成天躺在那里，什么事也不做？我不明白。"

这是真的：我不明白。我禀性里就对这种懒散、这种无所谓、这种等死的活法感到厌恶。

---

[1] 灵薄狱（limbo）：意思是"地狱的边缘"。根据一些罗马天主教神学家的解释，灵薄狱是用来安置耶稣基督出生前逝去的好人和耶稣基督出生后从未接触过福音的死者之地。另外，灵薄狱还负责安置未受洗礼而夭折的婴儿灵魂。但丁在《神曲·地狱篇》中有详细描绘。

他的回应让我惊呆了：他直视着我——这是他第一次正眼看我——往我脚边的水泥地上吐了一口痰，一口黄色的、间杂着棕色咖啡的浓痰。然后他把杯子往我手里一塞，从从容容地走了。

本真物[1]，我心里想着，震惊不已：落在我们之间的是一团本真物。不是吐在我身上，而是吐在我眼皮底下，让我可以看到，可以审视，可以自己掂量。他的辞令，他这种人的辞令，同样出自他的嘴，离开他的那一刻还是热的。一种无法回驳的辞令，来自某种语言之前的语言。先是一个眼神，然后是啐一口。什么样的眼神？一种大不敬的眼神，一个男人忤逆地瞪着他母亲辈的女人的那种眼神。喊，拿走你的咖啡。

昨晚他没有睡在那条甬道里。纸板箱也都不见了。不过，我四下搜了搜，在柴棚里找到了那个加拿大航空的袋子，塞在一个显然是他从乱糟糟的木柴和杂物之间给自己扒拉出来的空当里。所以我知道他还打算回来。

已经六页了，都是关于一个你从未见过，也永远不会想见的男人。为什么我要写他？因为，他是我又非我。因为在他甩给我的眼神里，我看到了一个可以形诸笔端的自己。不然，这

---

[1] 本真物：the thing itself。原文中用了斜体，说明是一种借用。这个说法应该是来自康德的"物自体（thing-in-itself）"概念，在哲学上指独立于观察之外的事物本身。

样的书写除了成为一种嘈嘈切切的怨艾之词，还能成为什么呢？我写他就是在写我自己。我写他的狗，写他的窝棚，都是在写我自己。男人，窝棚，狗：无论我写的是什么，言语中都有一只我伸向你的手。在另一个世界我将不需要言语。我将出现在你的门前。"我是来看看你的。"我会说，而那就将是言语的尽头：我会与你相拥。但在这个世界，在这个时刻，我只能在言语之中向你展臂。所以日复一日我把自己溶化成言语，把言语像糖一样裹进信纸；就像为我的女儿准备糖果，迎接她的生日，她的出生之日。从我身上滴淌的言语，沉凝为一个母亲的糖，留给她的女儿独自去拆开，去品尝，去吮舔，去吸取。正如他们在罐子上写的：手工糖果，古法制糖，覆注以爱——要体认这种爱，我们只有把自己给出去，将被吞食也好，会被丢弃也好，没有其他选择。

虽然整个下午都在不停地下雨，但直到天黑我才听见大门的嘎吱声，一会儿之后，是狗爪子在门廊上啪嗒啪嗒。

我正在看电视。一个部长还是副部长在向全国发表讲话。我站在那儿看，他们讲话时我总是站着，这是我尽可能保持自尊的方式。（有谁会坐着面对行刑队吗？）*Ons buig nie voor dreigemente nie*[1]，他在说，我们不会向威胁低头——反正是类似这样的话。

---

[1] 南非荷兰语：我们不会向威胁低头。因为原文中时常有对南非荷兰语的英文重复，所以本书正文对其不做翻译，只做注译。其他非英语语言也都这样处理。

我身后的窗帘是拉开的。无意之中我发觉他也站在那儿,这个我还不知道名字的男人,正隔着玻璃越过我的肩膀盯着电视。于是我调高了音量,让声音也能传到窗外——就算不是字清句楚,至少也听得清语调顿挫:那种粗钝的、尾音闷抑的南非荷兰语调子,就像铁锤在夯木桩子。一锤又一锤,我们一起听着。在他们身下生活的耻辱:摊开报纸,打开电视,就像是跪着被人尿在头上。在他们身下:在他们肥硕的肚皮下,在他们饱胀的膀胱下。"你们的日子屈指可数了。"我以前还悄悄地对他们、对这些现在要比我活得长的家伙说。

我出门准备去趟商店,正要打开车库门的时候,体内突然一阵发作。发作——这么形容吧:疼痛就像一条狗猛扑到我身上,把牙齿全部插进我的背里。我大叫了一声,人就不能动了。这时候,他,这个男人,不知从哪里冒了出来,扶着我进了屋。

我在沙发上躺下,身体转向左边,这是我现在唯一能减缓疼痛的姿势。他还站在那儿。我对他说:"你坐吧。"他坐了下来。疼痛开始消退。"我生了癌,"我说,"已经蹿到骨头里去了。这东西有点要命。"

我很疑心他是不是听懂了。

沉默了好一阵。然后,他说:"这房子好大。你可以把它弄成一个寄宿公寓。"

我做了个吃不消的手势。

"你可以把房间租给学生。"他没心没肺地继续说。

我打起哈欠,可感觉到了假牙的松动,于是掩住了嘴。放在以前,我可能已经脸红。但现在不会了。

"有一个帮我做家务的女人住在这儿的,"我说,"到月底她就会回来,她去看她的族人了。你有族人吗?"

一种奇特的措辞:拥有族人[1]。我有族人吗?你是我的族人吗?我觉得不算。可能只有弗洛伦斯[二]才有资格拥有族人。

他没有回答。他那副样子好像跟孩子这种存在没什么牵连。既没有在世上留下一个孩子,也没有经历过自己的童年。他脸上除了骨头就是皱巴巴的皮。那就像一张看着就显得苍老的蛇脸,你不可能在这样的脸背后发现一张孩子的脸。绿色的眼睛,动物的眼睛:有谁可以想象一个长着这种眼睛的小孩吗?

"我和我丈夫很早以前就分开了,"我说,"他已经过世了。我有一个女儿在美国。她1976年离开的,一直没回来过。她嫁给了一个美国人。他们有两个自己的小孩。"

一个女儿。我的骨血。你。

他掏出一包烟。"请不要在屋里抽烟。"我说。

"你的残疾是怎么回事?"我问他,"你说你拿伤残抚恤

---

1 英文原文为"to have people"。

金的。"

他伸出他的右手。拇指和食指是伸直的,另外三根手指缩在手掌里。"这几根动不了。"他说。

我们注视着他的手,注视着那三根蜷曲的、指甲污黑的手指。那看上去可不像"劳动者的手"。

"出了事故吗?"

他侧了侧头:这个动作在他那儿不算任何表态。

"你帮我修剪草坪吧,我付你工钱。"我说。

草坪里有些地方的草已经及膝。他拿着一把修枝刀,怵怵地剪了一个小时,最后清理出一块几码[1]见方的空地。然后他不干了。"这种活儿我干不好。"他说。我付了他一个小时的钱。离开的时候他撞到门廊上的猫盆,猫砂撒得到处都是。

总的来说,他带来的麻烦大过好处。但不是我选择的他,是他选择了我。也可能他只是选择了一座没有狗的屋子。一座猫之屋。

两只猫还没习惯这两个新来的。它们往门外一探鼻子,那条狗就会玩闹似的朝它们冲过来,所以它们都缩在屋子里,脾气很大。今天它们不乐意吃东西。我以为它们是嫌弃食物从冰箱里拿出来的那股味道,就浇了点热水进去,拌了拌这堆难闻的玩意儿。(那是什么啊?海豹肉?鲸鱼肉?)但它们仍然敬

---

[1] 码(yard):1码相当于0.91米。

而远之，绕着盘子转圈，甩着尾巴梢。"吃吧！"我边说边把盘子推到它们面前。大的那只抬起它挑剔的爪子，以免被碰到。到这一步我就失控了。"那就去死吧！"我尖叫着，把叉子朝它们狠狠地掷了过去——"我死也不想喂你们了！"我的声音里有一种前所未有的疯狂劲，我自己听了都激动起来。我对人已经仁至义尽，对猫也已经仁至义尽了！"去死吧！"我扯足嗓子再次尖叫了一声。它们逃跑的时候爪子在油毡上一阵乱挠。

谁在乎呢？[1]当我处于这种情绪之中，让我把手放到砧板上一刀剁掉，我也不会皱下眉头。我何必在乎这具背叛了我的身体呢？我看着我的手，只看到一个工具，一个钩爪，一个用来抓取别的物件的物件。还有这两条腿，这两条笨拙、丑陋的支撑物：为什么我要带着它们到处走？为什么我要夜复一夜地把它们搬到床上，把它们塞进被子，还要把胳膊也塞进去，往上搁到脸旁边，然后躺在这堆枝杈间翻来覆去睡不着？这个肚子，它还会死声活气地咕咕直叫；还有心脏一直在跳，一直在跳：为什么啊？它们跟我到底有什么关系？

我们在死之前先患病，这样我们才会对肉身断念。抚养我们的乳汁慢慢变薄，变酸；我们厌弃了这乳房，开始悬望另一段独立的生命。[2]然而，相比这第一段生命，这脚踩大地的生

---

1 如无特别说明，后文未加注释的楷体字原文均为斜体英文。
2 此处"乳房"指肉身，"独立的生命"指基督教思想所构想的灵魂进入天堂后的生命。

命,踩在大地身体上的生命,那边真会有、真能有一段更好的?不管承受着多少郁悒、绝望和愤怒,我也没有放弃过对这生命的爱。

疼痛袭来,我吃了两颗赛弗雷特医生开的药片,在沙发上躺下了。几个小时后我迷迷糊糊地醒过来,身上发冷,便摸索着上了楼,没脱衣服就睡在床上。

半夜里我感觉房间中有一个人影,那只能是他的影子。一个人影或一种气息,出现在那儿,然后又离开了。

楼道上传来一声吱嘎声。现在他推开了书房门,我暗想,现在他打开了灯。我极力回想桌子上那堆文件里是不是有什么私密的东西,但我脑子里只有一团混乱。现在他看到我的书了,一排又一排,我想着,努力回忆摆放秩序;还有一堆堆旧期刊。现在他在看墙上挂的相片了:苏菲·谢里曼披戴着阿伽门农的珠宝[1];大英博物馆那幅穿长袍的得墨忒耳[2]。现在,他轻轻地拉开了书桌的抽屉。上面那个抽屉里满是信件、账目、撕下来的邮票、照片,他不感兴趣。但底下那个抽屉里有一个雪茄盒,里面装满了硬币:便士、德拉克马、生丁、先令。那只

---

[1] 苏菲·谢里曼(Sophia Schliemann):考古学家海因里希·谢里曼(Heinrich Schliemann)在挖掘特洛伊遗址时的希腊籍妻子。她以戴着普里阿摩斯的宝藏中的黄金首饰拍照而闻名。阿伽门农:希腊迈锡尼国王,特洛伊战争中的阿开奥斯联军统帅。
[2] 得墨忒耳(Demeter):希腊神话中司掌农业和母性之爱的地母神。

指头蜷曲的手伸了进去,拿出两个大小可以冒充兰特的五比塞塔[1],放进了口袋。

不是一个天使,不用问了。倒更像一只蠹虫,当黑暗降临屋宇,就从墙脚板后面爬出来觅食面包屑。

我听见他走到了楼道的远端,试图打开那两扇锁着的门。只有些破烂,我很想悄声告诉他——破烂和陈年旧物。但我的脑子里又已雾霭弥漫。

在床上躺了一整天,没有力气,没有食欲。读了读托尔斯泰——不是那个著名的癌症故事,那个我太熟悉了,而是那个住在鞋匠家的天使的故事。如果我走到米尔街,有没有机会找到我自己的天使,把他带回家好好照护呢?找不到的,我觉得。也许在乡下还会有一两个,顶着日头、背靠里程石坐着,边打瞌睡,边等着撞大运。也许在棚户区。但不会在米尔街,不会在近郊住宅区[2]。郊区,是被天使遗弃的地方。当一个衣衫褴褛的陌生人来敲门,他不会有什么别的身份,只会是一个无业游民,一个酒鬼,一个迷失的灵魂。可是,在我们心中,我们是多么渴望我们这些沉静的屋舍也能像那个故事中一样,在

---

1 便士(penny):英国货币。德拉克马(drachma):古希腊货币。生丁(centime):法国货币。先令(shilling):奥地利货币。兰特(rand):南非货币。比塞塔(peseta):西班牙货币。
2 近郊住宅区(suburbs):指南非城郊的白人独栋居住区。

天使的圣歌里摇晃啊!

这房子等待这一天已经等得疲惫不堪,都恨不得要散架了。地板已经失去了弹性。电线绝缘层已经干裂、发脆。管道里淤积着泥沙。排水槽塌陷的部位,钉子已经锈蚀,或者已从腐烂的木头上松脱了。屋顶的瓦片上沉积着厚厚的青苔。一座造得挺结实的房子,但没有注入爱意,现在变得阴冷、委顿、暮气沉沉。照在墙壁上的阳光,即使是非洲的阳光,也从未让它变得温暖,似乎那一块块墙砖都是出自罪人之手,散发着一种化解不开的阴郁。

去年夏天,工人在这儿重新排铺下水道的时候,我看着他们把旧管道挖出来。他们往地下掘进去两米,翻出来一些碎砖块、烂铁块,甚至还有一单块马蹄铁。但是没有骨骸。一个没有留下人味的地方,对幽灵来说没有吸引力,对天使也一样。

写这封信我不是要把我心里的碎砖烂铁袒露给你看。它是袒露出了一些东西,但不是碎砖烂铁。

今天早上,汽车发动不起来,我只能请他,这个男人,这个寄宿者,来帮着推一把,他把车推到车道上。"打火!"他大叫着拍打车顶。引擎发动了。我拐上马路,开出几码远之后,心里一冲动,又停了下来。"我要去钓鱼镇,"我隔着尾气的烟雾朝他喊,"你想一起去吗?"

于是我们就出发了,他的狗坐在后面,还是你小时候那辆绿色希尔曼[1]。很长一段时间我们谁都没有说话。我们驶过医院，驶过大学，驶过主教庭，狗立起来搭着我的肩膀吹着风。我们吭哧吭哧地开上温伯格山。当车子冲下长长的坡道时，我关闭了引擎，开始滑行。车速越来越快，直到方向盘开始在我手里抖动，狗也兴奋得呜呜直叫。我相信我当时在微笑；我甚至可能闭上了眼睛。

到了山脚下，当车子慢下来，我朝他瞥了一眼。他放松地坐在那里，倒是安之若素。不赖嘛！我心里想。

"在我小时候，"我说，"我有时候会骑着一辆几乎不带刹车的自行车从山上冲下去。那是我哥哥的车。他会故意激我。可我完全不觉得害怕。小孩子无法想象如果死掉了会怎么样。他们脑子里没这个概念，就是他们可能会死。

"我会骑着我哥哥的自行车冲一些很陡的下山路，甚至比这条还陡。冲的速度越快，我就越感到带劲。我的整个生命都会为此而战栗，仿佛是我要从自己的皮肤里挣脱出来。就像一只蝴蝶要破茧而出的时候会有的那种感觉。

"一辆像这样的老式汽车仍然可以自如地滑行。如果是一辆新式的车子，你把引擎关了，方向盘就锁死了。这你肯定知道的。但是有些人有时候会搞错车型或者忘了这回事，然后就没法把车维持在车道上。有时候他们就冲出路沿，冲进海里

---

[1] 希尔曼（Hillman）：英国汽车品牌，1907年创立，1976年停产。

去了。"

冲进海里。扳着一只锁死的方向盘坐在一个玻璃罩子里飞翔在阳光闪烁的海面上。真的会发生这种事吗?会有很多吗?如果我星期六下午站在查普曼峰顶,我会不会看得到这些人,这些男男女女,像空中密集的蚊蚋一样,上演他们最后的飞行?

"我想讲个故事给你听,"我说,"在我母亲还小的时候,也就是这个世纪初期,他们一家子喜欢到海边去过圣诞。那还是牛篷车的年代。他们会坐着牛篷车,从东开普的联合山谷一路赶到皮尔森河口的普利登堡湾,这段旅程有一百英里[1],我也不知道路上要花多少天。夜里他们会在路边扎营。

"他们有一个停留点是在一个隘口的顶上。我的祖父母会在篷车里面过夜,而我母亲和其他孩子会把床铺在篷车下面。故事也就从这里开始:那天在那个隘口的顶上,四下里夜阑人静,我母亲蜷在她的毛毯里,她的兄弟姐妹都在她身边睡着了,而她还在透过车轮的辐条望着天上的星星。她望着望着,就觉得那些星星好像正在移动:如果不是星星在移动,那就是车轮在移动,缓慢地,非常缓慢地移动。她心里就想,'我该怎么办?篷车不会突然往前跑吧?我要不要把他们叫醒告诉他们?如果我躺着不作声,而篷车加速跑起来,一路带着我父母

---

[1] 英里:英美制长度单位,1 英里约合 1.609 千米。

滚到山下面去了怎么办？但是，如果这些都只是我的想象呢，那又怎么办？'

"她害怕得透不过气来，心脏怦怦直跳，躺在那儿一边看着星星，看着它们移动，心里想着：'要叫吗？要叫吗？'一边留神去听嘎吱声，第一声嘎吱声。最后她睡过去了，一整晚都在梦见有人死去。但是到了早上，当她从梦里醒过来，四周是一片光明与平静。篷车也跟着她醒了，父母起来了，大家都平安无事，就跟之前一样。"

现在该是他说点什么的时候了，说说山，或者汽车，或者自行车，或者他自己，或者他的童年。但他顽固地保持着沉默。

"她没有跟任何人说过那个晚上的事，"我继续说，"也许她是在等待我的到来。这个故事我听她用不同的讲法讲了很多遍。他们永远在去皮尔森河的路上。多么可爱、多么金灿灿的名字！[1] 我确信那就是世界上最美的地方。母亲去世多年以后，我去普利登堡湾游览，才第一次看见皮尔森河。都算不上一条河，只是一条芦苇丛生的水道，晚上密麻麻的蚊子，还有一个拖车公园，挤满了尖叫的小孩和穿着短裤打着赤脚在煤气炉上烤香肠的肥汉。根本不是什么天堂。不是一个会让人每年都要安排行程翻山越岭去一趟的地方。"

---

[1] 皮尔森河：Piesangs River，Piesangs 在南非荷兰语中是"香蕉"的意思，其入海口的河段形似一根香蕉。

这车爬博耶斯大道已经勉为其难、力不从心,一副驽骍难得[1]的架势。我握紧方向盘,轰着它往前开。

来到梅森堡上方,俯瞰着整个福斯湾,我停下车,关了引擎。那条狗开始呜呜叫。我们把它放了出去。它嗅嗅路边的石头,嗅嗅灌木丛,自己"放空"了一把,而我们就默默地看着它,有点尴尬。

他开腔了。"你走错了路,"他说,"你应该往山下走。"

我掩饰着内心的懊恼。我一直希望别人觉得我是个能干的人。现在,当无能渐成事实,就更是如此。

"你是开普这边的人吗?"

"是的。"

"这么多年你一直住在这儿吗?"

他局促起来。两个问题了:一个都已太多。

一条笔直的海浪,几百码长,奔着海岸翻卷而来,一个蹲伏在冲浪板上的孤影在浪头前滑行。海湾的另一边,耸立着霍屯督荷兰山脉,明净而湛蓝。饥渴,我心想,我体会到的是一种眼睛的饥渴,饥渴得甚至不愿眨动一下眼皮。这片海、这群山:我想把它们深深地刻写在我的眼底,这样无论我走到哪里,它们都会浮现在我的面前。我爱这世界爱得饥渴。

一群麻雀落在我们旁边的灌木丛上,理了理羽毛,又飞

---

[1] 驽骍难得(Rocinante):《堂吉诃德》中堂吉诃德的老马。

走了。那个冲浪的人抵达了岸边，缓步蹚上沙滩。我的眼里突然有了泪水。是不眨眼睛的缘故，我对自己说。但事实是，我在哭。趴在方向盘上，我再也绷不住了，一开始是安静的、体面的啜泣，然后变成长声的、无言的号哭，简直是撕心裂肺。"对不起。"我抽噎着说。之后，当我平静下来，我又说："对不起，我不知道是被什么东西逮牢了。"

我不用忙着道歉的。他给人的感觉是他什么也没瞧见。

我揩干眼泪，擤了擤鼻子。"我们走吧？"我说。

他打开车门，长吹一声口哨。狗跳了进来。一条听话的狗，肯定是从一处不错的人家偷来的。

我确实走错路了。

"先倒车。"他说。

我放下手刹，往山下倒退了一小段路，松开离合器。车子抖动着停了下来。"它还从来没有倒挡起过步。"我说。

"掉头到另一边的车道去。"他指挥着，像一个丈夫在上驾驶课。

我让车又往下退了几步，然后把车头打横。一辆大型白色奔驰车鸣着喇叭从内侧车道呼啸而过。"我没看见它！"我倒吸一口冷气。

"打火啊！"他大吼一声。

我目瞪口呆地看着这个朝我大喊大叫的陌生人。"打火！"他冲着我的脸再次吼道。

引擎发动了。我在冷涩的沉默中往回开。在米尔街的拐角处他要求下车了。

更让人无法忍受的是他的鞋子和脚散发的气味。他需要袜子。他需要新鞋子。他需要洗澡，他需要每天都洗澡。他需要干净的内衣。他需要一张床，他需要头上有一片屋顶，他需要一日三餐，他需要银行里有钱。太多要给的了：说实话，对于一个渴望爬上母亲的膝头获取抚慰的人来说，是给不完的。

下午晚些时候他回来了。我尽量忘掉之前发生的事情，领着他到花园里转了一圈，指给他看有哪些工作要做。"比如，修修枝。"我说，"你知道怎么修枝吗？"

他摇了摇头。不，他不会修枝。或者不想修。

墙角那儿的杂草最茂盛，老橡木长椅和兔棚都已被厚厚的藤蔓覆盖。"这些全部得清理掉。"我说。

他掀起那片藤蔓的一角。兔棚的地板上是一堆枯骨，其中还有一只小兔子完整的骨架，它的脖子朝后弓着，呈现着它的最后一次挣扎。

"这些兔子，"我说，"它们是我用人的儿子以前养的。我让他养着当宠物的。后来，他的生活遇到了些周折。他把它们抛到了脑后，它们就饿死了。我当时在医院里，不知道这些事情。我回来之后，才发现花园的这个角落里发生了这样一场无声的悲剧，我难过得要命。这些生命不会说话，甚至都不会叫。"

番石榴都落在地上，被虫咬得满是窟窿，在树下形成了一层恶臭的、黏稠的覆盖物。"我但愿这些树不要结果子了，"我说，"但它们做不到。"

那条狗跟在我们后面，在兔棚那儿漫不经意地嗅了几下。已经过去了这么久，死亡的气味都散尽了。

"无论如何，尽你所能让这儿恢复条理，"我说，"这样它也不会完全变成一片野地了。"

"为什么？"他问。

"因为我就是这样的人，"我说，"因为我不想在身后留下一团乱麻。"

他耸耸肩，暗暗笑了笑。

"如果你想拿钱，你就得自己挣，"我说，"我不会平白无故给你钱。"

下午剩下的时间里他都在干活儿，清除那些藤蔓和杂草，时不时地停下来凝望远处，装作不知道我一直在楼上留意他的举动。五点钟的时候我付了他工钱。"我知道你不是一个园丁，"我说，"我也没打算把你培养成一个园丁。但我们不能走施舍的路子。"

他接过钞票，叠好，放进口袋，眼睛望向一边避开我的目光，轻声问道："为什么？"

"因为那不是你应得的。"

他笑了，自顾自笑个不停："不应得的……还有东西是谁应得的吗?"

还有东西是谁应得的?我一怒之下把钱包朝他手里一塞。"那你信奉什么?白拿吗?想要什么就拿什么?行啊,你拿吧!"

他平静地拿起钱包,掏空了里面的三十兰特还有几个硬币,把钱包还给了我。然后他就出门了,那条狗颠颠地跟在他后面。半个小时以后他回来了;我听到酒瓶叮当的声音。

他不知从哪儿给自己找了个床垫,那种别人带到海滩上去用的折叠床垫。他把小窝挪到了乱蓬蓬、灰扑扑的柴棚里,他就躺在那儿抽烟,脑袋旁边点了一根蜡烛,脚边趴着他的狗。

"我想把我的钱拿回来。"我说。

他手伸进口袋,掏出几张票子。我拿了过来。不是所有的钱,但也无所谓。

"如果你需要帮助,你可以开口,"我说,"我不是个吝啬的人。还有小心那根蜡烛。我不想这儿起火。"

我转身走了。不过,一分钟后,我又折了回去。

"你跟我说过,"我说,"我应该把这个房子弄成一个学生寄宿公寓。实际上,我可以拿它来做更好的事情。我可以把这儿弄成一个乞丐的栖身之所。我可以办一个赈粥房和一个宿舍。但是我没这么做。为什么不做?因为施舍的精神在这个国家已经泯灭了。因为那些接受施舍的人蔑视这一套,而施舍的人则在付出的时候心怀绝望。如果不是将心比心,施舍有什么意义？你认为施舍是什么？就是施粥、发钱？施舍：词源来自拉丁文，意思是推心。接受和给予是同样困难的，同样需要付出很大的努力。我希望你能了解这一点。我希望你除了躺着还能去了解些其他的事情。"

一个谎言：施舍（charity），*caritas*[1]，跟"心（heart）"并没有什么关系。但即使我的说教是基于错误的词源学，那又有什么大不了的？我跟他说长道短，他几乎是不听的。或许，他只是那对鸟眼睛在发亮，但人其实是处在一种我根本看不出的醉酒状态里。又或许，说到底，他就是不关心。关心（care）："施舍"真正的词根。我指望着他会关心，但他才懒得。因为他已万事不挂心。万事不挂心，万事不关心。

由于生活在这个国家已经太像生活在一条正在下沉的船上——一艘那种老式邮轮，船长借酒浇愁，船员桀骜不逊，救生艇则千疮百孔——我在床头放了一台短波收音机。大部分时候只听得到喋喋言语；但如果一直熬到夜阑人稀，也有些电台会发慈悲放放音乐。昨晚，信号时强时弱——从何处传来的？赫尔辛基？库克群岛？——我听到在放世界各国的国歌，真是天籁之音，多年之前离我们而去的音乐，现在又从星辰上焕然一新地冉冉返回，证明我们所发送的终将复还。一个封闭的宇

---

[1] *caritas*（拉丁文）：仁慈；施舍；博爱。是英语 charity 一词的词源。

宙，像一个弧形的蛋，环抱着我们。

我躺在黑暗中，听着这些星星的音乐，还有像星尘一样相伴相随的吱吱啪啪声，微笑着，心里对这些来自天际的福音充满感激之情。有一条边境他们关闭不了，我心想：上空的边境——在南非共和国和天空王国之间。我终归能在那个王国遨游。那里不需要护照。

今天下午，仍处在音乐的魔力之下（我想，那是得自施托克豪森），我坐在钢琴前弹了一些旧时的曲子：巴赫的《平均律曲集》中的前奏曲、肖邦的前奏曲、勃拉姆斯的华尔兹，用的是那几本已残破、斑驳、枯黄的诺维罗和格奥纳[1]曲谱。我的弹奏一如既往地糟糕，跟几十年前一样看错同样的和弦，重复的指法错误像是已经长进了骨头，再也无法纠正。（我记得考古学家说过，最珍贵的遗骨是那种因疾病而畸形或是被箭头钉裂的骨头：骨头铭刻着史前的历史。）

当我厌倦了勃拉姆斯的甜腻，我就闭上眼睛敲着和弦，用手指寻找一串音符，它一旦出现我就会认出它，那就是我的和弦，早年我们曾称为失落的和弦，心的和弦。（我所说的年代比你出生的年代更早，那时候，当你在一个炎热的礼拜六午后漫步街头，就会听到从某个客厅传来一声声幽邃而执着的琴声，那就是未出嫁的少女在琴键上摸索那个可望而不可即的玄

---

[1] 诺维罗和格奥纳（Novello and Augener）：英国维多利亚时代的两家音乐出版商。

音。心醉的、悲伤的，也是神秘的年代！纯真年代！）

"耶路撒冷！"我轻声唱着，弹着我在祖母的膝头最后一次听到的和弦，"耶路撒冷是否曾建在这里？"[1]

最后我又回到了巴赫，笨拙地一遍又一遍弹着曲集第一册的第一首赋格。琴音浑浊，声线模糊，但在一遍遍的重复中，有些真正的东西还是能在一些小节中浮现出来，那是真正的音乐，永生的、自信的、安详的音乐。

我沉浸在自己的弹奏中。但有那么一刻一块地板嘎吱一响，窗帘后面人影一晃，我知道他也在外面听着。

所以我也为他而弹着巴赫，以我最高的水平。弹完最后一个小节，我合上曲谱，双手放在膝上，注视着封面上椭圆形的画像中那个下巴沉坠、眼袋浮肿、笑容圆润的男人。纯粹的灵魂，我心想，然而是在一个多么孤绝的圣殿里！现在这灵魂还能在何处找到归依？在我愚钝的演奏那逐渐缥缈的回声里吗？在我仍随着这音乐而起舞的心里吗？它是否也跻身于另一颗心，那个裤子松松垮垮、在窗外偷听的男人的心？我们这两颗心，这两个爱的器官，是否也在这短短一刻被一根琴弦缚于一线？

电话铃响了：个住在马路对面公寓的女人提醒我说，她发现我的宅院里有个流浪汉。"他不是流浪汉，"我说，"他是

---

[1] 英国著名爱国歌曲《耶路撒冷》，歌词出自威廉·布莱克的同名诗，由休伯特·帕里于1916年谱成曲子。

替我干活儿的。"

我不准备再接听电话了。除了你，还有图片上那个胖男人，那个在天堂里的胖男人，我不愿跟任何人交谈；但你们都不会打电话来的，我想。

天堂。我把天堂想象成一个穹顶高高的酒店大堂，广播里乐声轻扬，放送的正是巴赫的《赋格的艺术》。在那儿，你可以坐在宽厚的真皮扶手椅里，不再感到痛苦。一个老人满座的酒店大堂，他们边听音乐边打瞌睡，其他灵魂在他们面前像水汽一样来来去去，所有人的灵魂。一个灵魂熙攘的地方。穿着衣服吗？嗯，我估计是穿着的；但是双手空空。去那儿你什么也不用带，只穿着某种款式抽象的衣服，再带着你头脑里的回忆，使你成为你的那些回忆。一个没有什么事情发生的地方。一个不通火车的火车站。听着永无休止的天国音乐，什么也不等候，无所事事地在回忆的库房里翻来翻去。

这是可能的吗——坐在扶手椅里听着音乐，不用担心屋门锁了之后，猫会在夜晚的花园里四处徘徊、饿得发狂？这当然是可能的，否则要天堂何用？然而，没有后继之人就死去——请原谅我这么说——还是太有违自然了。要获得头脑的安宁、灵魂的安宁，我们需要知道谁会在我们身后到来，谁的身影会驻守在我们家中那一间间人去楼空的房间里。

我想起我开车经过台地高原和西海岸时看到的那些废弃的农庄房子，那些屋主多年前就搬迁去了城里，走的时候将前窗都钉上了木板，给大门挂上了锁。现在，那儿的晾衣绳上飘着衣物，烟囱里冒着烟，孩子们在后门外头玩耍，朝过往的汽车挥舞小手。一块重新被占领的土地，继任者们安静地宣告着自己的到来。一块曾以武力攫取的土地，被利用，被掠夺，被破坏，然后在它贫瘠的晚年被抛弃。也许，也被爱过，被那些掠夺者爱过，但那只发生在它葱郁的韶年里，所以，放在历史的法庭上来看，被爱得不够充分。

抛都抛弃了，他们还要掰开你的手指以确保你没想带走什么东西。一颗卵石。一根羽毛。你指甲缝里的一粒芥菜籽。

我就像面对一个算式，迷宫般的算式，长达数页，减法复减法，除法复除法，直到让人头晕目眩。每天我都试图重算一次，心里抱着一线希望，希望在这个个案中，在我的个案中，哪里存在着一个计算错误。而每天我都在同一堵空白的墙壁前面停下来：死亡，湮灭。赛弗雷特医生坐在他的房间里："我们必须面对现实。"那就是说：我们必须面对这堵墙。但不是他：是我。

我想到那些站在壕沟边缘、即将被埋进去的犯人。他们向行刑队求情，他们哭泣，他们开玩笑，他们行贿，他们奉上自己的一切：从手上摘下戒指，从身上脱下衣裳。士兵们笑了。因为他们总归会拿走这些的，连同他们嘴里的金牙。

没有别的现实了，除了在某些不经意的瞬间，我被某幅图景击倒时，那种让人窒息的穿心疼痛：空荡荡的房子里，阳光正透过窗户倾洒在一张空床上,或者蓝天下浑朴、清冷的福斯湾——我活过一场的世界向我彰显自己,而我已经不属于它了。我的存在日渐变成了一种目光的躲闪,一种畏缩。死亡是唯一剩下的现实。但思量死亡是我不能承受的事。我想着其他事情的每一刻,都不是在思量死亡,不是在思量现实。

我试着去睡觉。我清空我的头脑;平静逐渐笼罩我。我在坠落,我想着,我在坠落:欢迎你,甜美的睡眠。随后,就在湮灭的边缘,有种感觉赫然升起,把我拉了回来,那感觉只能称为恐惧。我一个激灵又清醒过来。我在我的房间、我的床上醒来,一切都在眼前。一只苍蝇停在我的脸上。它清洁着自己。它开始探索。它爬过我的眼睛时,我的眼睛是睁着的。我想眨眼,想挥手把它赶走,但我做不到。我以一只是我的又非我的眼睛盯着它。它在舔自己——如果可以用"舔"字的话。在那些隆起的器官中我没有发现能叫作"脸"的东西。但它就在我上面,就在这儿:它雄赳赳地爬过我,一个来自另一世界的生物。

要么是,下午两点钟的时候,我躺在床上或沙发上,尽力让重量不要压在臀部,那里是最疼的地方。我脑海中浮现出埃丝特·威廉斯和那群丰满的女孩[1],她们穿着花朵图案的泳衣,正以轻松的仰泳姿势游过碧蓝的、泛着涟漪的水面,欢笑着,

---

[1] 埃丝特·威廉斯(Esther Williams, 1921—2013):1944 年美国电影《出水芙蓉》女主演。"那群丰满的女孩"指的是这部电影中的群演。

歌唱着。吉他不知在何处弹奏；姑娘们轻启双唇——唇色和蝴蝶结一样艳丽绯红——唱出了声。她们在唱什么？落日……再见……大溪地。旧梦如潮，我想起早年的萨沃伊电影院[1]，想起一先令四便士的电影票——那些曾经流通的硬币已永远消失了，被熔化了，只有我的抽屉里还留着几枚法寻[2]，一面刻着乔治六世，那个好国王，口吃者；另一面是一对夜莺。夜莺。我从未听到过夜莺的歌唱，也不再听得到了。我抱紧这怀念，抱紧这遗憾，抱紧国王、还有游泳的姑娘们：只要闯进我心里的，我都紧紧抱住。

要么我起来打开电视。一个频道在转播足球比赛。另一个频道里，一个黑人手拿《圣经》，用一种我都叫不出名字的语言在布道。这是一扇门，我打开它，世界就涌入。这就是展露在我眼底的世界。就像对着一根管子往下窥看。

三年前，家里遭过一次贼（你可能还记得，我在信里提过）。窃贼不仅把他们所有能拿的都拿走了，而且还在他们离开前翻转了每一个抽屉，划破了每一张床垫，打碎了碗碟，砸坏了瓶罐，把储藏柜里的食物通通扫到了地上。

"他们为什么要这么做？"我困惑地问警探，"这么做对他们有什么好处？"

---

1 萨沃伊电影院（Savoy bioscope）：开普敦的一家电影院，1937年落成，20世纪60年代后改名。
2 法寻（farthing）：1961年之前流通的英国铜币，相当于四分之一便士。

"这就是他们的本性，"他回答说，"一群动物。"

在那之后我在所有窗户上都装了护栏。一个敦实的印度人来安装的。他把杆子拧进框架后又在所有螺丝的头上封了胶水。"这样就拧不开了。"他解释道。走的时候他跟我说："现在你安全了。"并轻轻地拍了拍我的手。

"现在你安全了。"动物园的饲养员晚上锁门时，对那种没有翅膀、不会飞的鸟儿说的话。一只渡渡鸟：最后一只渡渡鸟，老态苍苍，生不出蛋了。"现在你安全了。"落上门锁，听任那些饥饿的掠食者在门外徘徊。一只在自己的巢里瑟瑟发抖的渡渡鸟，睡觉也睁着一只眼，憔悴不堪地迎接黎明。但很安全，在她的笼子里很安全，护栏稳当，线路通畅：电话线——可以让她在最后的绝境里呼救；电视线——可以引入世界之光；收音机天线——可以从星群中召唤音乐。

电视。为什么我要看电视？政客们每天晚上按时亮相：只要看到那些我从小就熟悉的面孔，那些沉抑、无表情的面孔，我就感到郁闷和恶心。坐在教室最后一排的霸王，那些干瘦、粗笨的男孩，现在长大了，晋升为这片土地的主宰。他们，还有他们的父母、他们的兄弟姐妹、他们一家子亲戚：一窝蝗虫，一群在这个国家肆虐成灾的肮脏蝗虫，饕餮无厌，以活生生的血肉为食。为什么我要忍着惊悚和厌恶去看这些人？为什么我要让他们出现在屋子里？因为蝗虫家族的统治就是南非的真相，而这个真相就是我的病因？合法性他们已不再劳神自证。合理性他们已不放在眼里。吸引他们的，是权力和权力的醺酣。宴饮，会谈，吃人不吐骨头，只打饱嗝。慢吞吞地、大腹便便地发言。围成一圈坐着[1]，辩论起来死搬硬套，宣布判决如同锤击：处死，处死，处死。对尸臭置若罔闻。耷拉着眼皮，乜斜着猪眼，一副农民[2]祖传的狡黠相。彼此之间也各怀鬼胎：农民的悠悠鬼胎，几十年才孵得出来。新非洲人，坐在大班椅上，满脸横肉、腆着将军肚的男人：白皮肤的塞奇瓦约、丁冈[3]们。凌压底下的人：以体重称雄。以硕大的公牛睾丸凌压他们的老婆、他们的孩子，扼杀他们所有的火花。自己心里则没剩半点火星和热度，板滞的心脏，像块死沉沉的血肠。

而他们的思想愚蠢得千载不变，愚蠢得千篇一律。他们的功绩就是，经过多年的词源学沉思之后，将愚蠢（stupidity）抬高成了一种德行。使呆滞（to stupefy）：剥夺感情；使麻木，使失去活力；使震骇。木僵（stupor）：不敏感；冷漠、无知觉；头脑迟钝。愚笨（stupid）：官能迟钝；平庸，缺乏思想或感情。都是从拉丁文 stupere（使惊愕，使震惊）一词衍化而来。从愚笨到惊愕，到呆滞，再到变成石头，一条上升线。他们的思想

---

[1] 南非议会采用英国议会形式，议席是圆环形。
[2] 农民（peasant）：南非的农民指在南非垦殖的白人移民，一般是荷兰裔，即所谓布尔人。
[3] 塞奇瓦约、丁冈（Cetshwayo, Dingane）：都是 19 世纪的南非祖鲁人国王。

就是"这思想坚如磐石"。一套把人变成石头的思想。

我们看着这些人,就像鸟儿看着即将一口吞掉自己的蛇,呆愣在原地。呆愣原地:我们对死亡表达的敬意。在八点到九点这段时间,我们集合,他们在我们面前亮相。一种仪式性的亮相,就像佛朗哥战争期间戴着兜帽的主教们列队出场。一场死亡之舞[1]:向我们表演我们的死亡。叫嚣着"¡Viva la muerte!"[2],恐吓着。年轻的也要死。活着的都得死。吃自己幼崽的公猪。公猪战争,布尔战争。[3]

我对自己说,我看的不是谎言,而是谎言背后隐藏的真相。但真的是这样吗?

我打着盹儿(我仍然在写昨天的事),读了会儿书,继续打盹儿。然后我沏了茶,放上一张唱片。《哥德堡变奏曲》开始一小节接一小节在空中回响。我走到窗前。天快要全黑了。那个男人正蹲在车库的墙角抽烟,烟头闪着微光。他或许看见我了,或许没看见。我们都在听着。

在这个时刻,我心想,我很清楚他的感受,清楚得就像我正在和他做爱一样。

这个念头虽然来得突兀,虽然让我充满厌恶,但我还是硬

---

1 死亡之舞(Thanatophany):中世纪的全员葬礼式游行仪式。
2 西班牙语:死亡万岁!
3 原文是 The Boar War。boar 指公猪,和 Boer(布尔人)形近,这里作者写成 The Boar War 是一个双关。布尔战争:19 世纪末 20 世纪初南非荷兰裔殖民者与英国殖民者之间展开的战争。

着头皮忖了忖。他和我相依相偎，合上双眼，共赴鸿蒙。这一对儿可不太像样！就像是我在西西里旅行时站在拥挤的公共汽车里，与一个陌生男人身体挨着身体，脸对着脸。也许这就是来世的样子：不是一个有扶手椅和音乐的大堂，而是一辆人头攒动的巨大公共汽车，行驶在四野八荒。只有站立的空间；仅能侧身活动，和陌生人摩踵擦肩。污浊的空气，无所不在的唏嘘和呢喃："抱歉，抱歉。"秒乱的接触。永远处在他人的凝视之下。私人生活的终结。

他蹲在院子的另一头，抽着烟，倾听着。两个灵魂，他的和我的，缠绕在一起，沉醉其中。就像昆虫尾对尾交配，脸各自冲着一边，胸腔在搏动——也许会被错认为仅仅是呼吸，除此之外就只有平静。平静，物我两忘。

他把烟头弹了出去，地上火花一闪，然后一片漆黑。

这屋子，我在浮想。这世界。这屋子。这音乐。这一切。

"这是我女儿，"我说，"我跟你提起过，住在美国的。"顺着他的目光，我看着照片上的你：一个满面春风、莞然微笑的而立之年的女人，背对一片绿地，手抚着风吹起来的头发。自信满满。这就是你现在的样子：一个找到了自我的女人。

"这是他们的孩子。"

两个裹在帽子、大衣、靴子和手套里的小男孩，端正地站在一个雪人旁边，等着快门响起。

一阵短暂的沉寂。我们正坐在厨房的桌子旁。我在他面前摆了茶，还有玛丽饼干。玛丽饼干：老人食品，适合无牙人士。

"如果我死了的话，我想拜托你件事。我有些文件想寄给我女儿。但是要在事了之后。这一点很重要。这也是我不能自己去寄的原因。其他事情我会自己来。我会把文件装进信封，贴足邮票。你需要做的就是把包裹拿到邮局的柜台上去。你能帮我这个忙吗？"

他有点不知所措。

"如果是我力所能及的事，我不会请你帮忙。但是没有别的办法。到时候我已经不在了。"

"你不能拜托别人吗？"他说。

"我可以拜托别人。但我现在是想拜托你。这些都是私人文件，私人信件。是我给我女儿的遗物。这就是我能留给她的所有东西，她能从这个国家收到的所有东西。我不想别人打开来看。"

私人文件。这些文件，这些文字，要么你现在正在读，要么你就永远读不到。它们会送到你手上吗？还是它们已经送到你手上了？一个问题的两种问法，这问题我永远不会知道答案，永远。对我而言，这封信无异于托付给海浪的文字：一封瓶中信，上面贴着南非共和国的邮票，写着你的名字。

"我不知道。"这个男人、这个信使回答说，手里把玩着勺子。

他不想给出承诺。即使他承诺了，事实上他也不一定要遵守约定。临终的嘱托永远无法强制。因为死者不是法人。法律就是如此：所有契约失效。死者无法被欺骗，无法被背叛，除非你还把他们放在心上，在良心上对他们犯罪。

"没关系。"我说，"我本来还想请你到屋里喂喂猫。不过我会另做安排的。"

另做什么安排？在埃及他们把猫砌进主人的坟墓。我想要这样？——黄眼睛们来回逡巡，寻找一个出口逃出那个黑暗的洞穴？

"我只能让它们安乐死，"我说，"它们太老了，不合适送人了。"

我的话像水冲击岩石一样冲击着他的沉默。

"我必须处理它们，"我说，"我已经无能为力了。如果你面临我这样的处境，也会有同样的感觉。"

他摇了摇头：未必。确实，未必。迟早有一个冬夜，当他静脉里的虚假火焰的热度不足以再维持他的生命，他就会陨灭。他会死在一个门廊下或一条甬道里，双臂叠抱在胸口；他们发现他的时候，会有一条狗在他身边哀哀呜咽，舔着他的脸。他们把他装走，把狗留在街上，这就将是结束。没有预案，没有遗产，没有茔墓。

"我会替你寄出这个包裹。"他说。

第二章

弗洛伦斯回来了,不仅带着她的两个小姑娘,还带来了她十五岁的儿子贝奇。

"他打算住很久吗,弗洛伦斯?"我问她,"有地方给他住吗?"

"如果不跟着我他会出事的,"弗洛伦斯回答说,"我姐姐没法再照看他了。古古来图¹现在很糟糕,非常糟糕。"

这样,现在有五个人住在我的后院了。五个人,一条狗,两只猫。住在鞋里的那个老媪。她不知道如何是好。²

---

1 古古来图(Guguletu):南非西开普城镇,离开普敦15公里。
2 这两句出自英语国家的一首童谣 *There Was An Old Woman Who Lived in A Shoe*。整首谣词可译为:有个住在鞋里的老媪/她孩子太多不知如何是好/喂他们几口汤没面包拉倒/再抽他们一顿让他们去睡觉。

月初弗洛伦斯离开的时候，我让她放心，我自己能应付家务活儿。但不用说，我什么也没有收拾，楼上不久就弥漫着一股黏腻的酸味，一股雪花膏、脏床单和爽身粉的味道。现在我不得不满脸通红地跟在她身后，领受她的评估。她双手叉腰，鼻孔大张，眼镜放光，检视了一圈我无能的证据。然后她就动手干活儿了。到了傍晚，厨房和浴室都变得锃亮，卧室也变得干净整洁，空气里有一股家具上光剂的气味。"太棒了，弗洛伦斯，"我说着例行的套话，"没有你我不知道该怎么办。"但我当然是知道的。我会听任自己沉沦在老年的邋遢里。

干完我的活儿，弗洛伦斯就转头去干她自己的。她把晚饭烧在炉子上，拎着两个小姑娘去了浴室。看着她给她们洗澡，用力地擦洗着她们耳朵后面和大腿内侧，麻利、坚决，对她们的哼唧声充耳不闻，我心里想：真是个让人敬佩的女人啊，不过幸好她不是我的母亲！

我在后院碰到那个正在发呆的小伙子。以前我叫他"迪格比"，现在他变成了"贝奇"。在他这个年龄里个头算高的，长得像弗洛伦斯一样端正朴实。"我真不敢相信你长这么大了。"我说。他没接话。不再是那个天真烂漫的小男孩了——以前他来探访的时候，第一件事总是先跑到兔棚，把那只肥白的母兔拎起来，抱在自己怀里。毫无疑问，跟他的朋友们分开，与幼小的妹妹一起藏身在人家的后院，他不开心。

"学校什么时候关闭的？"我问弗洛伦斯。

"上个礼拜。古古来图、兰加和尼扬加的学校都关了。孩子们都没事干了。他们只会上街乱窜,卷到骚乱里去。他待在这儿,在我眼皮子底下,这样还好些。"

"没有朋友,他在这儿要如坐针毡了。"

她耸耸肩,没有半点笑意。我想我可能从来没看见她笑过。但也许她自己跟孩子们待在一起的时候她会对他们笑的。

"这男人是谁?"弗洛伦斯问。

"他是维克尔[四]先生,"我说,"维克尔,维库尔,维寇尔。他是这么说的。我以前从没听到过有人叫这个名字。我会让他在这儿待一段时间。他还有条狗。你跟孩子们说,如果他们逗狗玩的话,不要搞得它发野。那还是条小狗,没准收不住嘴。"

弗洛伦斯直摇头。

"如果他给我们找麻烦我会要求他离开的,"我说,"但我不能因为他没做过的事情而请他走人。"

一个凉爽、有风的日子。我穿着睡衣坐在阳台。下面的草坪上,维克尔正在两个小姑娘的注视之下拆那台旧割草机。大的那个——弗洛伦斯说她名叫霍普[1](她没有跟我说真名)——

---

1 霍普:Hope,"希望"的意思。

蹲在他视线之外几码远的地方,手扳着膝盖。她穿着一双红色的新凉鞋。小的那个,比尤迪[1],同样穿着红色凉鞋,在草坪上蹒跚学步,走得很起劲,时不时一屁股坐在地上。

看着看着,那小娃娃张开双臂,握着拳头,朝维克尔扑了过去。当她就要绊倒在割草机上时,维克尔一把抓住她,拎着她胖乎乎的小胳膊,把她放到了安全的地方。她站稳之后又跌跌撞撞地朝他走去,而他只好再次抓住她把她拎开。这似乎很快要变成一个游戏。可是闷葫芦维克尔会陪她玩吗?

比尤迪又一次冲向他;他又一次救下她。接着,鬼使神差地,他把拆了一半的割草机推到了一边,一只手伸给那小娃娃,一只手伸给霍普,握住她们开始转起圈来。他先是慢慢地转,然后加快了速度。霍普穿着红凉鞋,得跑起来才能稳得住脚;至于那小娃娃,她飞旋在空中,开心得尖叫起来;而那条狗被关在栅栏后面,一个劲跳着,汪汪叫着。那个喧哗!那个热闹!

正在此时,旋转放慢,停了下来,肯定是弗洛伦斯出场了。几句轻言细语,霍普便松开了维克尔的手,哄着她妹妹离开,消失在我的视线里。我听见一声关门的声音。那条狗呜呜低吠着,还不甘心。维克尔又回到了割草机前。半个小时之后,开始下雨了。

---

[1] 比尤迪:Beauty,"美丽"的意思。

那个小伙子，贝奇，总是坐在他妈妈床上翻看旧杂志打发时间，而霍普就在房间的角落里用崇拜的眼神看着他。有时候他杂志看不进去了，就站在车道上扔网球，把它从地上弹射到车库门上。我发觉那噪声会让人发疯。即使我捂了个枕头在头上，那无情的撞击声仍然声声入耳。"学校什么时候重新开门？"我烦躁地问道。"我去让他停下来。"弗洛伦斯说。一会儿之后撞击声消停了。

去年，学校的动荡开始的时候，我跟弗洛伦斯坦率地说了我的想法。"在我那个时代，我们把受教育视为一种特权，"我说，"父母省吃俭用送孩子上学。我们会认为烧毁学校是丧心病狂。"

"现在情况不同了。"弗洛伦斯回答道。

"难道你赞成孩子们烧毁自己的学校？"

"我没法告诉这些孩子该怎么做，"弗洛伦斯说，"如今一切都变了。不再有母亲和父亲了。"

"这是什么话，"我说，"永远会有母亲和父亲。"我们的讨论就到此为止。

关于学校的骚乱，电台里只字未提，电视上只字未提，报纸上也只字未提。在它们所呈现的世界里，这片土地上的所有孩子都还快乐地坐在课桌前，学习着正方形弦图和亚马孙丛林鹦鹉的知识。古古来图的事情我仅能从弗洛伦斯口中得知一二，或者通过站在阳台上往西北方向张望了解一点：也就是,古古来图今天没有燃烧;或者,即使它在燃烧,火也不太大。

这个国家正在阴燃,然而,即使怀着一颗拳拳之心,我对它的关注也只是半心半意。我真正的关注是向内的,围绕着那个东西,那个词,那个正在我身体里一寸寸推进之物和它的名字。一种下流的吞占,但在如今这样的世道里又显得可笑,就像对于大火烧身的乞丐来说,一个银行家的衣服冒烟只是个笑话。可我还是不能自持。"看看我!"我想对弗洛伦斯大叫——"我也在燃烧!"

大多数时候我小心翼翼地避开那个词,如同避开陷阱的口子。阅读时我充满警惕,如果眼角扫到那个词埋伏着的影子,我就会跳过那几行甚至一整段。

但是,在黑暗中,独自躺在床上,直面它的诱惑却变得异常强烈。我觉得自己几乎是在被推向它。我感到自己仿佛是一个穿着白色长裙,戴着草帽,站在空旷的海滩上的孩子。沙子在我身边飞舞。我紧捂帽子,立定脚跟,绷紧了身体跟大风对抗。但是片刻之后,在这无人旁观的寂寥海滩上,这种较劲就显得过于用力了。我放松下来。风像按在我后腰上的一只手推了我一把。停止抵抗是一种解脱。先是走出几步,接着就跑起来,我就这样让风带着我向前了。

夜复一夜,它把我带到了《威尼斯商人》里的那一幕。"难道我不是和你一样吃饭、睡觉、呼吸?"犹太人夏洛克一边大喊着,"难道我不是和你一样会流血?"一边挥舞着一把匕首,刀尖上刺着一磅血淋淋的肉。"难道我不是和你一样会流血?"这就是那个戴着无檐帽的长胡子犹太人满怀愤怒与痛苦在舞台上跳动时的呼喊。

如果你在这里,我也会在你面前大喊出声。可是你没有。所以我只能转向弗洛伦斯。当恐惧像一股岩浆从我身体里往外喷发,似乎连树上的叶子也能被烧焦时,只有弗洛伦斯能挡在我面前。"不会有事的",这就是我想听到的话。我只想有人把我搂在怀里,不管是弗洛伦斯,是你,还是别的什么人,然后告诉我:不会有事的。

昨晚,我躺在床上,在屁股下面垫了个枕头,手臂压着胸口以阻止疼痛移动。时钟指着 3 点 45 分。我想到弗洛伦斯,她正在她的房间里酣睡,身边是她睡着的孩子们,四个人用四种不同的节奏呼吸着,每一声呼吸都清晰有力。我心怀忌妒,又心向往之。

我也曾拥有一切,我想。现在,你拥有一切,而我一无所有。

四道呼吸不绝如缕。时钟只顾安静地嘀嗒。

我折了张纸,给弗洛伦斯写了个字条:"晚上很难受。想多睡一会儿。请让孩子们安静些。谢谢。E.C.[1]"我下楼把字条

---

[1] E.C. 是女主人公伊丽莎白·柯伦(Elizabeth Curren)的姓名缩写。

支在厨房桌子正当中。然后,我颤巍巍回到床上,吞下四点钟服用的药片,闭上眼睛,抱着双臂,等着那不会到来的睡眠。

我想从弗洛伦斯那儿得到的东西我是得不到的。我想要的东西我都得不到了。

去年,那个小娃娃还是一个得抱在怀里的婴儿,我开车送弗洛伦斯去过一趟布拉肯菲尔,去了她丈夫工作的地方。

她显然希望我把她送到那儿就开走。但出于好奇,我想见见那个男人,看看他们在一起的样子,于是我跟着她进去了。

那是一个星期六的下午。从停车场出来,沿着一条尘土飞扬的小路,我们经过两个又长又矮的棚子,来到第三个棚子。里面有一个穿着蓝色工作服的男人站在一圈铁丝围栏中间,一群鸡——准确地说是小母鸡——正拥在他脚边团团转。小姑娘霍普挣脱妈妈的手冲了过去,贴在了铁丝网上。男人瞥向弗洛伦斯,先是一皱眉,转而又一颔首。

但是没有时间寒暄。他,威廉,弗洛伦斯的丈夫,正在工作,而这工作不能被打断。他的工作是,猛地一把抓住一只鸡,倒拎起来,把它挣扎的身体夹在自己两膝之间,用一条金属带子捆住它的两条腿,然后把它传给下一个工人,一个年轻小伙子。这小伙子把正在尖叫和扑腾的鸡倒挂在头顶上方一条咔咔滚动的传送带的钩子上,传送到棚子更深处。那里有第三个人,他身着溅满血迹的油布工作服,抓住鸡头,把鸡脖子抻直,用一把小得像是他手掌的一部分的小刀把鸡头割下来,顺手抛到一个装鸡头的大桶里。

这就是威廉的工作,我还没来得及想一想是否要观看,我还没做好观看之前的心理准备,就目睹了这一幕。这就是他一周六天所干的活儿。捆扎鸡腿。也许他也会跟另外两人换岗,负责把鸡倒挂在钩子上,或者割掉鸡头。为了三百兰特一个月的工钱还有口粮。这工作他已经干了十五年。所以,如果某些我曾塞进面包屑、蛋黄和鼠尾草,涂上油和蒜泥的鸡身,最初是被这个男人——弗洛伦斯的孩子们的父亲——用双腿夹过的,不用觉得稀罕。每天早上五点钟,我还在熟睡,他就起床了。先把鸡笼下面的盘子冲洗干净,加满食槽,打扫棚子;然后,吃过早饭,开始屠宰,拔毛,理净;把数以千计的鸡身冷冻起来,再收拾数以千计的鸡头和鸡爪、数以里计的鸡肠、堆积如山的鸡毛。

当我看到这个场景,我本该马上离开。我本该开了车就走并且尽我所能忘掉这一切。但我却站在铁丝围栏外面,着了魔似的,看着这三个男人对这些不会飞的鸟大开杀戒。而我身旁的那个孩子,手指紧紧抠着铁丝网,同样沉醉在眼前的景象中。

如此酷烈却又如此容易,杀戮,死去。

下午五点钟,一天的工作结束了,我道了别。我驱车赶回这空荡荡的屋子,威廉则带着弗洛伦斯和孩子们回了宿舍。他洗澡;她在煤油炉上做晚餐,煮了鸡肉和米饭,然后喂小宝宝。那天是星期六。其他农场工人要出去拜访亲友或者找些消遣。所以弗洛伦斯和威廉可以把孩子们安顿在空铺位上睡觉，自己出去走走，就他们俩，在温暖的黄昏里散散步。

他们沿着马路一侧走着，谈着过去的这个星期，他们是怎么过的；他们谈着家长里短。

他们回来的时候孩子们已经睡熟了。为了保留点隐私，他们在自己的铺位前面挂了一条毯子。现在整个晚上都是他们自己的了，除了弗洛伦斯要从毯子后面溜出来摸黑喂孩子那半小时。

星期天早上，威廉——不是他的真名，只是他在工作圈子中的名字——穿上外套，戴上帽子，还换上了一双好鞋子。他和弗洛伦斯走到公共汽车站，她背着小宝宝，他牵着霍普。他们先坐汽车到古尔斯利维亚，然后坐出租车到古古来图的姐姐家，他们的儿子寄住在那儿。

过了十点，天气开始热起来。礼拜已经结束；起居室里挤满了客人，一片喊喊喳喳的交谈声。过了一会儿，男人们都出去了；弗洛伦斯也到点去帮她姐姐做饭。霍普在地板上睡着了。一只狗溜进来舔她的脸，被撵走了；有人把她抱起来放在沙发上，她也没醒一下。弗洛伦斯找了个空当塞给她姐姐一些钱，那是贝奇的费用，他的伙食费，他的鞋子钱，他的课本费；她姐姐把钱塞在胸衣里。然后贝奇现身，跟他妈妈问好。男人们不知从哪儿都回来了，他们开始共进午餐：来自农场——或叫工厂、养殖场,随便什么都行——的鸡肉、米饭、卷心菜、肉汤。贝奇的朋友在屋外叫他,他匆匆吃完饭就下桌了。

这一切都是真的。这一切必然都是发生过的事。不过是非洲一个平平常常的下午:安闲的天气,安闲的一天。我们几乎可以说,这就是生活该有的样子。

他们离开的时刻到了。他们走向公共汽车站,这回霍普骑在了她父亲的肩膀上。汽车来了;他们互相道别。弗洛伦斯和女儿乘车先走;她们先乘到莫布雷,然后换一辆车乘到圣乔治大街,再换一辆到克鲁夫大街。到了克鲁夫大街她们就一路走过来。当她们走到司坤德街时,影子已经拖得老长了。此时,又该给躁烦而疲惫的霍普准备晚饭,给小宝宝洗澡,烫好昨天还没烫的衣服了。

至少他屠宰的不是牲口,我对自己说,那不过是鸡,瞪着疯狂的鸡眼睛、狂妄自大的鸡。但我的脑子无法摆脱那个农场,那个工厂,那个养殖公司。和我并肩生活的这个女人她丈夫就在那儿工作,日复一日,他困在他的围栏里,从左走到右,从前走到后,一圈又一圈,在鸡血和羽毛的臭味中,在一片惊恐的骚动中,叱喝、弯腰、猛扑、紧逮、捆缚、悬挂。我想到了在南非的国土上所有那些杀鸡的男人,所有那些一推车一推车运土的男人,还有那些拣选橘子或者缝扣眼的女人。我坐着凝视窗外的时候他们正在工作。那些铲起的土,那些橘子，那些扣眼和鸡，谁来给这些东西点的数？劳动一生，计数一世：就像整天坐在时钟前面，指针走一步就抹掉一秒钟，以此数着生命的流逝。

自从维克尔开始从我这儿拿钱，他的酒就没有断过，除了葡萄酒，还喝上了白兰地。有时候他一直挨到中午都不喝酒，以这几个小时的节制作为随后更彻底地放纵的理由。多数日子里，他上午从院子离开时就已经喝得醉醺醺的。

今天他从外面回来的时候，太阳阴沉沉的。我正在二楼阳台上。他没看见我，自顾自地带着狗在院子里靠墙坐了下来。弗洛伦斯的儿子早已在那儿，身边还多了一个朋友，一个我没见过的男孩。霍普正目不转睛地盯着他们。他们开着一台收音机；那音乐的刮擦声和震击声甚至比网球砸门还要命。

"水，"维克尔向那两个男孩喊道，"给我点水。"

那个新来的男孩，贝奇的朋友，穿过院子，蹲到他旁边。两人嘀咕了些什么我没听见。我只看到男孩伸出了一只手。"给我。"他说。

维克尔懒洋洋地把他的手打了下去。

"把它给我。"那男孩边说边跪下来，从维克尔的口袋里拽那个酒瓶。

维克尔抗拒着，但显然无力招架。

男孩拧开瓶盖，把白兰地通通倒在地上。然后他把酒瓶往边上一扔。瓶子摔碎了——一个愚蠢的举动：我差点要叫起来。

"他们在把你变成一条狗！"那男孩说，"你想当狗吗？"

狗，维克尔的狗，在骚骚低吠。

"去死吧。"维克尔口齿不清地回答他。

"狗！"那男孩骂道，"醉鬼！"

他不再理维克尔，大摇大摆地走回了贝奇身边。好个自以为是的孩子，我心想。如果大伙儿的新守护人就是这么行事的，上帝保佑我们别落在他们手上。

小霍普闻了闻地上的白兰地，皱起了鼻子。

"你也死一边去。"维克尔说，挥着手让她走开。她一开始没反应，随后突然转身跑向她母亲的房间。

音乐还在咔嚓作响。维克尔斜靠在墙上睡着了，狗把脑袋搁在了他膝盖上。我回过神来，继续看书。过了一会儿，太阳溜进了云层，气温凉了下来，天上下起了毛毛雨。狗抖了抖身子，进了棚子。维克尔站起来跟了上去。我也收拾起我的东西。

棚子里起了一阵骚动。那条狗先蹿了出来，又转头站在那儿狂吠；随后维克尔倒退着走出来，接着是那两个男孩。当第二个男孩——贝奇那个朋友——靠近他的时候，维克尔一巴掌打在男孩的脖子上。那男孩吃惊地倒抽了一口凉气，那"嗞"的一声我即使在阳台上也听到了。他抬手也给了维克尔这么一下，维克尔一个趔趄差点摔倒。狗在边上跳来跳去，汪汪乱叫。男孩再次猛击维克尔,这下贝奇也冲了上来。"住手!"我冲着下面大喊。他们好像都没听见似的。维克尔躺在了地上;他们用脚踢他;贝奇从裤子上抽出皮带开始抽他。"弗洛伦斯!"我大喊着,"让他们住手!"维克尔用手挡住脸保护着自己。狗向贝奇扑过去;贝奇一脚把它踢翻,继续用皮带抽打维克尔。"快住手,你们两个!"我抓着栏杆喊道,"马上住手,否则我要叫警察了!"

这时弗洛伦斯出现了。在她的呵斥之下,两个男孩退开了。维克尔挣扎着站了起来。我以最快的速度下了楼。

"这男孩是谁?"我问弗洛伦斯。

男孩不再和贝奇说话,转眼望着我。我不喜欢那副样子:张狂,好斗。

"他是贝奇在学校里的一个朋友。"弗洛伦斯说。

"他必须回自己家,"我说,"这样下去我承受不起。我吃不消有人在我后院闹事。我吃不消陌生人在这儿进进出出。"

维克尔的嘴唇在流血。那张皮革般的脸上沾着鲜血,看上去很怪异。像是蜂蜜落在灰里。

"他不是陌生人。他是来做客的。"弗洛伦斯说。

"我们进来还得要一个通行证吗?"贝奇说。他和他的朋友交换了一个眼色,"我们是不是需要一个通行证?"他们像挑衅似的,等着我的回答。收音机还在放个不停:一种非人类的噪声,让人心烦意乱。我真想用手把耳朵捂上。

"我没说要什么通行证,"我说,"但他有什么权利跑到这儿来殴打这个男人?这个人住在这儿。这是他的家。"

弗洛伦斯的鼻孔张开了。

"是的,"我转向她说,"他也是住在这儿的,这是他的家。"

"他住在这儿,"弗洛伦斯说,"但他是个垃圾。是个窝囊废[1]。"

"*Jou moer!*[2]"维克尔说。他本来摘下帽子正在拍打帽顶;现在他举起拿着帽子的手,做出要打她的样子。"*Jou moer!*"

贝奇一把夺过他的帽子,甩手就扔到了车库顶上。那条狗一通狂吠。帽子慢慢地又从车库的斜顶上滚落下来。

"他不是垃圾,"我压低声音,单独对着弗洛伦斯说,"没有谁是垃圾。我们都是一条船上的人。[3]"

但弗洛伦斯并不想听人说教。"一个只会喝酒的窝囊废,"她说,"喝,喝,整天在那儿喝。我不喜欢他待在这儿。"

一个窝囊废:这就是他的身份吗?也许吧:窝囊废——在以前的英语里倒是个有效的词,现在难得听到了。

---

1 窝囊废:原文为 good for nothing。

2 南非荷兰语:你母亲(你妈的)。

3 强调南非各民族拥有共同身份和作为生活共同体的相关言论中,对结束种族隔离制度做出重大贡献的南非大主教图图的思想和表述可能是最有影响力的。具体可见:德斯蒙德·图图.没有宽恕就没有未来[M].江红,译.桂林:广西师范大学出版社,2014.

"他是我的信使。"我说。

弗洛伦斯疑惑地看着我。

"他会帮我送信。"

她耸了耸肩膀。维克尔摇摇晃晃地走了,带着他的帽子和狗。我听到大门咔嗒一声关上了。"告诉孩子们别去惹他,"我说,"他没妨害到谁。"

就像一只老公猫遭到了青年雄猫的驱逐,维克尔躲起来舔伤口去了。我似乎已经看见自己在公园里寻找他,柔声呼唤着:"维克尔先生!维克尔先生!"一个老妇人在找她的猫。

对于贝奇赶走这个"窝囊废"的手段,弗洛伦斯的得意有点扎眼。不过她预测说,只要一下雨他又会回来。至于我,我怀疑只要男孩们还在这儿,他就不会再露面。我也对弗洛伦斯直说了:"你这等于是在告诉贝奇和他的朋友,他们可以跟长辈动手而不受惩罚。你这样不对。是的,无论你觉得他是个什么人,他都是他们的长辈!

"你越是让步,弗洛伦斯,孩子们就会越放肆。你跟我说过,你钦佩你儿子这一代人,因为他们无所畏惧。但你要小心:他们可能从 开始对自己的生命毫不在乎,最终发展到对别人的生命也毫不在乎。你所钦佩他们的不见得是一件好事。

"我一直在想你那天跟我说的话:不再有母亲和父亲了。我不敢相信你是认真的。孩子没有父母是无法成长的。我们听到的那些纵火和谋杀,那些让人震惊的冷酷,甚至包括殴打维克尔先生这件事——这到底是谁的错?应该受指责的当然是那些父母,因为他们说:'去吧,干你们想干的吧,你们现在是自己的主人,我们没有权利管你。'有哪个孩子会真心想听到这种话吗?他一定会茫然无措地走开,心里想着'现在我没有母亲了,也没有父亲了:那就让死神当我的母亲,死神当我的父亲吧'。你对他们撒手不管,他们就变成了死神的孩子。"

弗洛伦斯在摇头。"不是的。"她斩钉截铁地说。

"可是,弗洛伦斯,你还记得去年你是怎么跟我说的吗?就是在居住区[1]发生那件令人发指的事情之后。你跟我说:'我看见一个女人被点着了,整个烧起来了,而在她尖叫着求救的时候,孩子们在笑,继续往她身上泼汽油。'你说:'我没想到我有生之年会看到这样的事情。'"

"是的,我是说过这话,而且说的是真的。但是是谁让他们变得这么残忍的?是白人让他们变得这么残忍的!就是的!"她深深地吸着气,有点激动。我们是在厨房里。她正在熨烫床单。她用力压着熨斗,朝我怒目而视。我轻轻地碰了碰她的手,她才把熨斗抬起来。床单上已经现出一块棕色的焦印了。

太无情了,我想。一场无情、无底线的战争。杀身不

---

[1] 居住区(townships):南非种族隔离时期城市周边的黑人棚户区。

成仁。

"当有一天他们长大了,"我柔声说道,"你觉得这种残忍会从他们身上褪去吗?当他们被告知,父母亲的时代已经结束了,他们自己会变成一种什么样的父母?如果父母亲的观念在我们心中被摧毁了,我们还能重新为人父母吗?他们因为一个男人喝酒而踢他,殴打他。他们嬉笑着在别人身上点火,看着那个人被烧死。他们会怎样对待自己的孩子?他们会具备怎样的爱呢?他们的心就在我们的眼皮底下变成了石头,而你在说什么?你说:'这不是我的孩子,这是白人的孩子,这是白人造出来的恶魔。'这就是你能说的一切吗?你就打算把他们的罪过推到白人身上,自己扭头离开?"

"不,不,"弗洛伦斯说,"不是这样的。我没有扭头离开我的孩子。"她把床单横折一道,竖折一道,再横折,又竖折,边角对得整整齐齐。"他们是好孩子,他们就像铁一样,我们为他们感到骄傲。"她把第一个枕套铺开在熨衣板上。我等着她继续说下去。但她不再说话了。她没兴趣跟我争辩。

铁一样的孩子,我暗自思忖。弗洛伦斯自己,未尝不像块烙铁。一个黑铁时代。随后到来的将是青铜时代。[五]还要多久,那些更为柔软的时代,黏土时代,泥土时代,才会回到它们的循环之中?一个斯巴达主妇,心硬如铁,为国家生养战士。"我们为他们感到骄傲。"我们。要么带着盾牌回来,要么躺在盾牌上回来。

而我呢？在这个时代我心归何处？我唯一的孩子离我数千英里之遥，安全无虞；不久之后，我将化为一抹尘烟；那么，这样一个时代的到来——童真不再受赞誉，孩子们相互砥砺的不是微笑，不是泪水，而是将拳头像锤子一样高高举起——对我而言意义何在？它真的是一个脱离了其他时代的时代，一个从地底下拽出来的、异变的、骇人听闻的时代吗？说到底，如果不是一个冷酷的花岗岩时代，还有什么能造就这个黑铁时代？难道我们没有 Voortrekkers[1]，一代又一代的 Voortrekkers，那些面孔严肃、双唇紧绷的阿非利坎少年，在游行中高唱爱国歌曲，向他们的旗帜宣誓随时准备为祖国而死？*Ons sal lewe, ons sal sterwe.*[2] 难道那些白人狂热分子不是仍然在向鞋带都还不会系的小孩子鼓吹那套纪律、工作、服从、自我牺牲的旧体制，一种死神的体制？从头到尾都是一场噩梦！日内瓦精神在非洲的胜利。加尔文[3]，身穿黑袍、血液苍白、永远冰冷的加尔文，转世之后搓着双手，脸上漾着冷笑。在两个阵营各自的教条主义者和猎巫者身上，加尔文胜利地重生了。而你把这一切都丢在了身后，你是多么幸运！

---

1 Voortrekkers：南非荷兰语，意为"开拓者"，指布尔人的殖民先驱。也指1931年成立的一个南非白人青少年组织。

2 南非荷兰语：我们会活着，我们也会死去。

3 加尔文（John Calvin, 1509—1564）：法国新教改革领袖。1541年在日内瓦组成政教合一的共和政权，制定了严格的宗教律例和长老管理制，同时开创新教加尔文宗。

贝奇的那个朋友是骑自行车来的，一辆红色自行车，两个天蓝色的厚轮胎。昨晚我上床的时候那辆车就停在院子里，在蒙蒙的月光中闪闪发亮。今天早上七点钟，我从窗口望出去，它还在那儿。我吃了早晨服用的药片，又睡了一小时。我梦见我困在人群之中，一条又一条身影推我，打我，用我听不清的脏话咒骂我，威胁我。我回击他们，但我的胳膊还是小孩子的胳膊：手挥出去只有呼、呼的气流声。

我被人声吵醒，是弗洛伦斯和另一个什么人在高声说话。我按铃叫她，一次，两次，三次，四次。她终于来了。

"门口有谁在那儿吗，弗洛伦斯？"

弗洛伦斯从地板上捡起被子，在床头把它叠好。"没谁。"她说。

"你儿子的朋友昨晚留在这儿了？"

"是的。他不能大晚上骑车走，那太危险了。"

"那他睡在哪儿？"

弗洛伦斯挺直身子："车库里。贝奇和他一起睡在车库里。"

"可是他们是怎么进入车库的？"

"他们打开了窗户。"

"他们做这种事情之前难道不能问我一声吗？"

一阵沉默。弗洛伦斯收起托盘。

"这个男孩也打算住到这儿吗,就住在车库?他们是不是睡在我车上了,弗洛伦斯?"

弗洛伦斯摇着头:"我不知道。你得自己去问他们。"

到了中午,那辆自行车还在。男孩们始终没露头。但是我出门开信箱的时候看到一辆黄色的警车停在街对面,里面坐着两个穿制服的男人,靠近我这一侧的那个脸贴在玻璃上睡着了。

我朝方向盘后面那个警察招手示意。引擎声响起,睡着的那人坐起身,车子开上路沿,然后一个急掉头,停在我边上。

我还以为他们会下车。结果,他们就坐在车里一句话也不说,等着我开口。正刮着冷飕飕的西北风。我把睡衣领口紧了紧。车里的对讲机在噼啪作响。"4—3—7。"一个女声在呼叫。他们没理会。两个一身蓝的年轻人。

"需要我帮忙?"我说,"你们是在等什么人?"

"需要您帮忙吗?我不知道,女士。不如您自己说说看,您能帮什么忙。"

在我那个年代,我心想,警察跟女士讲话还是恭恭敬敬的。在我那个年代,孩子们还不会在学校里放火。在我那个年代——现在你只能在读者来信里瞧见这个短语了。气得发抖的老头儿和老太太,拿起钢笔当最后的武器。在我那个(已经结束的)年代,在我(已经过去的)一生中。

"如果你们是想找那两个小伙子,我想告诉你们,他们待在这儿是得到了我允许的。"

"哪两个小伙子，女士？"

"来这儿做客的那两个小伙子。古古来图来的男孩。那两个学生。"

对讲机里爆出一阵杂音。

"不是，我不知道什么古古来图来的男孩，女士。您想让我们盯着点他们吗？"

他们交换了一个眼神，一个欢乐的眼神。我握住了大门把手。睡衣领口松了，寒风从我脖子灌进胸口。"在我那个年代，"我一字一板地说出这几个陈腐、寒碜、滑稽的词，"警察是不会和一位女士这么说话的。"说完我就转过身去。

对讲机在我身后发出鹦鹉般的聒噪之声；也可能是他们调出这种声音的，我相信他们做得出。一个小时之后这辆黄色警车还停在大门外面。

"我真的觉得，你应该把这个孩子送回家，"我对弗洛伦斯说，"他会让你儿子惹上麻烦的。"

"我没法把他送回家，"弗洛伦斯说，"如果他走了，贝奇也会跟着走。他们就像这样。"她伸出一只手，两根手指交缠在一起，"他们待在这儿更安全。在古古来图随时都有麻烦，警察会闯进屋里开枪的。"

古古来图的警察开枪：不管弗洛伦斯知道多少，不管你在千里之外知道多少，我对此一无所知。我看到的新闻里没有提到骚乱和开枪。他们呈现给我的是一方睦邻友好之地。

"如果他们在这儿是为了避开冲突,那为什么警察会盯他们的梢?"

弗洛伦斯深吸了一口气。自从小宝宝出生以来,她身上好像就有股一触即发的怒气。"你不该问我,夫人,"她正色说道,"为什么警察要盯着孩子们,驱赶他们,朝他们开枪,把他们关进监狱,这事儿你不该问我。"

"很好,"我说,"我不会再犯这个错误了。但我也不能让所有从居住区逃出来的孩子都把我家当避难所。"

"可为什么不呢?"弗洛伦斯探身问道,"为什么不?"

我放满一缸热水,脱掉衣服,痛苦地坐到水里。为什么不?我低下头;发梢从我眼前垂下来,一直垂到水面;我的腿,斑斑点点,青筋驳杂,像两根棍子一样伸在我面前。一个老太婆,疲病,丑陋,紧紧抓着她所剩无几的东西。有生之人对遥遥无期的死亡没有耐心;垂死之人忌妒有生之人。一幕丑剧:唯愿它快点收场。

浴室里没有铃。我清了清嗓子,叫道:"弗洛伦斯!"裸露的管道和白色的墙壁发出空洞的回声。弗洛伦斯能听得见才怪。而且,就算她听见了,她为什么要过来?

亲爱的妈妈,我在心里说,低头看看我,把你的手伸给我!

我浑身上下打了一个寒战。隔着眼帘,我看到我的母亲犹然出现在我面前,穿着土色的老人衣服,眉眼模糊。

"到我这儿来!"我喃喃地说。

但她无意过来。她像一只盘旋的鹰一样展开双臂,开始向空中飞升。就在我头顶上,她越升越高。抵达云层,又穿过云层,她一路飞升。每上升一英里,她就变得更年轻一分。她的白发又变成了黑发,皮肤又变得光嫩。旧衣服像枯叶一样从她身上脱落,露出那件扣眼里插着羽毛的蓝色衣裳。在我最早的记忆里她就是穿着这件衣裳,那时候,世界还年轻,一切还都有可能。

上升,上升,她面带微笑,如永恒的少女般完美,稳稳地、全神贯注地飞向天穹的边缘,把一切都抛在了脑后。"妈妈,低头看看我!"我在空空的浴室里低声呢喃。

今年的雨水来得早,到现在已经下了四个月。只要手摸到墙上,就会留下湿湿的指印。墙皮有很多地方已经鼓包、胀破了。我的衣服霉味刺鼻。我多想再次——哪怕就一次——穿上闻得见阳光味道的干爽内衣!请允许我再次漫步在夏日午后的林荫大道,置身于那些栗色身体的学童中间,听听他们回家路上的嬉笑喧闹,闻闻他们年轻洁净的汗水的味道,看看那些一年比一年出落得更俏丽,*plus belles*[1] 的女孩子。而如果这不可能,那最终,也仍让我心存感激,无尽的、赤忱的感激,因

---

1 法语:更漂亮。

为，我已被允许在这充满奇迹的世界里行走一程。

我坐在床上写下这些文字，双膝并拢抵御着八月的寒冷。**感激**：我写下并反复打量这个词。它是什么意思？在我眼前，这个词慢慢地变得密实、幽暗、神秘起来。然后它带来了某处的反应。如一颗石榴般，我的心徐徐迸发出感激；如同一个水果在迸裂时露出爱的种子。感激，石榴：一对姐妹词。[1]

今天早上五点我被雨声惊醒。倾盆大雨。雨水漫过堵塞的排水槽，从破漏的屋顶滴落下来。我走到楼下，泡了杯茶，然后在身上裹了条毛毯，坐下来整理这个月的账单。

大门响了一下，随后车道上传来了脚步声。一个头戴黑色塑料袋的身影弓着腰疾步从我窗前走过。

我走到门廊上。"维克尔先生！"我朝着雨幕里喊道。没有回答。我缩起肩膀，裹紧睡衣走了出来。那双包着傻傻的羊毛圈口的拖鞋立刻湿透了。我跐着汩汩的水流穿过院子。在柴棚黢黑的入口我撞到一个人身上：维克尔。他正背对着我站在那儿，嘴里骂骂咧咧的。

"进屋吧！"我顶着雨声大喊，"到屋里去！你不能睡在这儿！"

仍然套着那个兜帽一样的塑料袋，他跟着我进了厨房，来

---

1 感激：gratitude。石榴：pomegranate。姐妹词：sister words。

到了光明之中。"把那个湿玩意儿扔外面。"我说。就在这时，我骇然见到有个人随着他进来了。一个女人，个子小小的，不会高过我肩膀，但是上了年纪，或者至少不年轻了，一张阴鸷、浮肿的脸，铅灰色皮肤。

"这是谁？"我问道。

维克尔梗着脖子，一双黄眼睛忤视着我。狗男人！我心想。

"你们可以在屋里等雨停，然后你们就得出去。"我冷冷地说完，转身不再理他们俩。

我换了衣服，把自己锁在卧室里，试着去看书。可我眼前字影婆娑。带着几分诧异，我感觉到眼皮奄拉下来，听见书从我手里滑落。

当我醒过来，我脑子里唯一的想法就是要把他们赶出这个屋子。

那个女人不见了踪影，只有维克尔睡在客厅里。他蜷在沙发上，两手夹在膝盖之间，头上还横竖戴着那顶帽子。我推了推他。他动弹了一下，舔了舔嘴唇，睡意蒙眬地、不情愿地咕哝了两声。这种声音——我立刻回想起来——跟我叫醒你去上学时你发出的声音毫无二致。"该起床了！"我会一边拉开窗帘一边叫你；而你转身避开亮光时，就会这样咕哝几声。"快点，宝贝，该起床了！"我会在你耳边轻声重复，但不会催你太紧。趁着这个机会，我会坐在你身边抚摸你的头发，一遍又一遍，就像指尖被爱激活，而你还没睡够的身体仍想赖到最后一刻。让时间停在这一刻吧！我心中会想着，手放在你的头上，掌中涌溢着爱的暖流。

而现在，你那种惺忪、恬适的呢喃在这个男人的喉间重生了！我也该坐在他的身边，脱掉他的帽子，抚摸他油腻的头发吗？我恶心得一哆嗦。爱一个孩子多么容易，而爱一个由孩子蜕变而来的家伙多么困难！曾经，这个家伙也是漂浮在一个女人的子宫中，拳头伸到耳边，在沉醉中紧闭着眼睛，肚皮贴肚皮地喝她的血。他也是穿过那骨盆之门来到这光辉世间，获知什么是母爱，*amor matris*[1]。而后，荏苒之间，他被迫断离这份爱，独自站立，开始变得干枯、瘦弱、佝偻。一个支离的、匮乏的生命，和其他生命没有两样；但作为个例来看，无疑比大多数生命更营养不良。一个人到中年的男人，还在吸着瓶子，渴望着原始的快乐，在酣醉中如愿以偿。

我止站在那儿望着他，他的女人进来了。她没理睬我，而是跌跌撞撞地回到了地板上的一堆垫子里。她身上飘着古龙香水的味道：我的。弗洛伦斯跟在她身后走进来，怒气冲天。

"别让我解释，弗洛伦斯，"我说，"不要去管他们，他们喝多了，睡一觉就好。"

---

1 拉丁语：母爱。但此处 matris 既可以做主格，指母亲对孩子的爱，也可做宾格，指孩子对母亲的爱。詹姆斯·乔伊斯的《尤利西斯》里有对这个词的分析，描述斯蒂芬的母爱的段落也跟此处有对应。而柯伦太太自己也是一方面作为母亲爱着女儿，另一方面作为孩子爱着母亲。

弗洛伦斯的眼睛闪着光,她刚要开口,我就打断了她:"好啦!他们不会留在这儿的。"

虽然我冲了好几遍厕所,但那里还是残留着一股香臭混杂的异味。我把地垫扔到了雨里。

稍晚,孩子们和弗洛伦斯正在厨房吃早餐时,我又来到楼下。看见贝奇,我劈头就发问了:

"我听说你和你朋友睡在我车里了。为什么你们不征求我的同意?"

一片沉寂。贝奇没有抬头。弗洛伦斯则继续切面包。

"你们为什么不征求我的同意?回答我!"

小霍普嘴巴停下来,愣愣地看着我。

为什么我要扮出这副荒唐的做派?因为我生气了。因为我厌倦被人利用了。因为他们睡的是我的车子。我的车子,我的房子,我的——我还没消失呢。

还好,这时候维克尔翩然而至,打破了紧张。他目不旁视地穿过厨房,走到门廊上。我跟了上去。他的狗在朝他身上跳,扑腾着,摇着尾巴撒着欢儿。它也往我身上跳,湿漉漉的爪子在我裙子上留下一道道印子。人想把狗挡开的样子肯定蠢透了!

"把你的朋友请出去,拜托。"我说。

他抬头看着阴沉沉的天空,没有答话。

"立刻把她请出去,否则我就自己请她出去!"我发怒了。

他不理我。

"帮我一把。"我转头指挥弗洛伦斯。

那女人脸朝下趴在垫子床上，嘴角边上一摊湿渍。弗洛伦斯抬着她胳膊把她往上拽。她东倒西歪地站了起来。半扶半推地，弗洛伦斯把她送出了大门。在步道上维克尔追上了我们。"这真是太过分了！"我厉声对他说。

两个男孩已经带着他们的自行车来到了街上。他们装作没有看到我们的争吵，骑上了司坤德街的坡道。贝奇弓着背坐在横杠上，他的朋友踩着踏板。

那个女人开始咒骂弗洛伦斯，用一副沙哑的嗓音，吐出一连串不着边际的下流话。弗洛伦斯恨恨地看了我一眼。"垃圾。"她跺着脚说了一句，回去了。

"我再也不想看到这个女人。"我对维克尔说。

两个男孩又出现在司坤德街的坡顶，骑在车上朝我们冲过来，贝奇的朋友拼命踩着踏板。昨天那辆黄色警车紧紧跟在他们后面。

一辆轻型卡车正停在路边，后车厢里装着管子和杆子之类的管道材料。路上本来有足够的空间让自行车通过。但是当黄色警车追上这两个男孩时，靠他们这侧的车门突然打开，从旁边撞了他们一下。自行车摇摆着失去了控制。我眼瞅着贝奇从车上滑了下来，手臂甩过头顶，而另外那个男孩站在踏板上，别着脸,伸手做出一个防护的姿势。在米尔街的车流声中,我清清楚楚地听见一具身体在半空中被撞翻时的一声闷响,伴着从喉咙深处发出的"啊"的一声惊叫,还有自行车与管子工的卡车相撞的哐啷声。"上帝啊!"我尖着嗓子叫了一声,那声音荡在空中,我听着都觉得不像是自己的。时间似乎停顿了一下又重新开始,留下一段空白:前一刻那个男孩还在伸手保护自己,后一刻他已经和贝奇在路边的沟壑里躺成了一团。随着我的叫喊声回响消散,街景又回到了惯常的样子:依旧是工作日早上安静的司坤德街,不远处一辆黄色小车正拐过街角。

一条寻回犬小跑着上前侦察。维克尔的狗凑了过去,去闻那条寻回犬。寻回犬没理它,只是嗅着路面,然后开始在地面上舔起来。我僵在了原地。我感到浑身发冷,手脚不听使唤;"昏厥"这个词闯入我的脑子,虽然我一生中从来没有昏倒过。这个国家!我心里想着。下一个念头却是:感谢上帝,她已经离开了!

边上院门打开,一个穿蓝色工作服的男人走了出来。他踢了那条寻回犬一脚,狗吃痛弹开了。"耶稣啊!"男人发出叹息。他弯下腰,把手伸到自行车的支架下面。

我慢慢靠近,身体在发抖。"弗洛伦斯!"我大喊。但是看不见弗洛伦斯的人影。

男人横跨在两个男孩的身体上,把自行车抬到了一边。

贝奇躺在另外那个男孩身下。他眉头紧锁,舌头不断地舔着嘴唇，闭着眼睛。维克尔的狗想去舔他。"走开！"我低声喝道，用脚把它推开。它摇着尾巴。

一个女人出现在我身边，用毛巾擦着手。"他们是报童吧？"她问道，"您说他们是不是报童？"我摇摇头。

穿蓝衣服的男人再次横跨在两个人的身体上，面露难色。他现在应该把横趴在贝奇身上的那个男孩抬起来。但他不敢动手，我也不敢让他动手。有什么东西显得不对劲，那男孩趴着的样子不太自然。

"我去打电话叫救护车。"那女人说。

我弯下腰，抬起那男孩绵软的手臂。"慢点！"男人说，"我们得小心！"

直起身子时，我感到一阵眩晕，不得不闭上了眼。

那男人把胳膊伸到男孩腋下，把他从贝奇身上抬开，放到了人行道上。贝奇张开了眼帘。

"贝奇。"我叫了他一声。贝奇平静而淡漠地看了我一眼。

"不会有事的。"我说。

他望着我，目光里毫无波澜，对我哄他的话不置一词。

"救护车已经在路上了。"我说。

这时弗洛伦斯来了，她跪在儿子身边，一边急切地跟他说着什么，一边摸着他的头。他开始做出回应：缓慢、含糊的一两个字。她停下手里的动作听他说话。"他们撞到这辆卡车的屁股上了。"我向她解释。"这是我的卡车。"穿蓝色制服的男人说。"警察推了他们一把,"我说,"太恶劣了,简直令人发指。就是昨天在这儿的那两个警察,我可以肯定。"

弗洛伦斯把一只手垫在贝奇的头下面。他慢慢地坐了起来。一只鞋掉了,一条撕破的裤腿上面染着血迹。他小心翼翼地把撕破的地方拨开,凝视着伤口。他的手掌也擦破了,皮一条一条地吊着。

"救护车在路上了。"我说。"我们不需要救护车。"弗洛伦斯回答道。

她错了。另外那个男孩正四仰八叉地躺着。管子工试图用自己的夹克衫止住他脸上淌下来的血。但血仍然流个不停。他又把卷紧的夹克拿开了一下,那一瞬间,就在那张脸再次被血覆盖之前,我看见那男孩额头上有一个皮开肉绽的裂口,就像被屠夫的尖刀割了一刀。血像水一样涌出来,流进了他的眼睛,洗亮了他的头发;血流到了人行道上,流得到处都是。我都不知道血还可以这么黑,这么黏,这么浓。我心想,要把这些血泵上来,一直这样泵上来,他得有颗什么样的心脏啊!

"救护车来了吗?"管子工问,"我不知道怎么才能止住他的血。"他都出汗了;他换了个姿势,那只浸透了血的鞋子踩在地上咯叽作响。

我记得你十一岁的时候,拇指被面包机割伤了。我赶紧把你送到了格鲁特·舒尔医院的急救部。我们坐在长椅上等着叫号,你的拇指包了一块棉绒,你就靠按着它来止血。"医生会对我做什么?"你小声问。"他们会给你打一针,然后缝针——"我也小声地回答,"只缝很少几针,只是用针扎几下。"

那是一个星期六晚上,天刚黑不久,但伤者已经鱼贯而来。一个穿着白鞋子和皱巴巴的黑西装的男人不停地在往盘子里吐血。一个年轻人躺在担架上,上身赤裸,皮带松开,拿着一团被血浸透了的布按着肚子。地板上是血,长椅上也是血。在这黑色血液的洪流面前,我们这羞答答的几滴又算得了什么?小白雪公主在血窟之中茫然四顾,她的妈妈也不知所措。一个血流漂橹的国家。弗洛伦斯的丈夫穿着黄色的油布服和靴子,蹚过血洼。公牛翻倒,喉咙被割开,如鲸鱼一般向空中喷射出最后的热血。干涸的大地饱蘸着造物的鲜血。一块在血河里痛饮的土地,从未餍足。

"让我来吧。"我对管子工说。他让开身。我跪在地上,拿开那件湿透了的蓝色夹克。血从那个男孩的脸上汩汩地淌下来,像一块平整的布。我用拇指和食指尽力捏住那道割开的口子。维克尔的狗又凑了上来。"把这条狗赶走!"我大声说。管子工给了它一脚,它嗷地叫了一声滚开了。维克尔哪儿去了?是不是弗洛伦斯说的是对的,他真的就是个窝囊废?"再去打一个电话。"我告诉管子工。

只要我捏紧伤口,就能止住大部分血流。但我稍一松手,血就会再次喷涌而出。这是血,并不神秘,只是和你我一样的血。可我从来没见过如此殷红,又如此暗黑之物。也许,这是血水之下那年轻、光滑、天鹅绒般黝黑的皮肤造成的效果;但即使是在我的手中,它似乎也比血液该有的样子更幽暗,又更耀眼。我凝视着它,既着迷,又害怕,陷入了一种名副其实的目眩神迷状态。然而,在我内心深处,我是决不可能允许自己停留在那种恍惚中,决不可能松手而放任血的流动的。我现在问自己,这是为什么?我的回答是:因为血是珍贵的,比黄金和钻石更珍贵。因为血是一体的:一片生命的洋流,分散存在于我们不同的个体身上,但本质上属于一个整体——它是借给我们的,而不是赐给我们的:是以共同持有和信托的形式得以保存的。看上去,它存活于我们的生命之中,但那只是看上去,实际上,是我们存活于血的流动之中。

一片血的海洋,最终汇聚在一起:这会是世界末日时的景象吗?所有人的血:西伯利亚寒冷的晴空下一个红黑色的贝加尔湖,冰崖四立,血水拍打着雪白的湖岸,黏稠,滞重。人类的血回到它原初的形态。一个血的实体。全人类的血吗?不:有一个地方除外——在南非的台地高原上会有一个泥墙筑成的水库,铁丝网围着,烈日晒着,那里面,阿非利坎人和他们的拥趸的血是静止的,流不走的。

有神圣的血,也有被鄙弃的血。而你,我的骨血,我的血脉,已经每月把血流在异国的土地了。

我已二十年没有流过血。现在折磨我的是一种无情、无血、蹇涩、冰冷的疾病，像是来自土星。它的某些特性让人想想就毛骨悚然。孕育着这些赘生物，这些冷血的、下流的囊肿；怀着这一窝超出了自然范畴的幼崽，不能生下它们，也不能满足它们的胃口：在我体内饕餮的孩子，不是在生长，而是在膨胀，带着尖牙利爪，永远冷漠、贪婪。干涩，干渴：夜里感觉到它们在我干枯的身体里扭动，不是像一个人类的孩子一样伸展和踢蹬，而是在改变它们的角度，寻找一个新的地方来咬啮。就像寄生在宿主体内的虫卵，现在变成了一窝幼虫，正毫不留情地吃掉宿主。我的卵，在我自己体内生长。我，我的：字字惊心，然而字字凿凿。我的死亡之女。你是我的生命之女，它们就是你的姐妹。母性走到了拙劣地模仿自己这一步，这多么可怖！一个干瘪的老妪蹲伏在一个男孩身上，手上沾满他的鲜血：一个邪恶的形象，在我身上重现了。我已经活得太久了。死于一炬是仅剩的体面死法。走进火中，像截绳子一样燃烧，感知着这群秘密的饕客也同样畏缩、惊叫，在最后的时刻，用它们从未用过的小嗓子发出尖厉的哀号；燃烧，死去，荡然无存，还世界一个干净。畸形的赘生物，错误的孕育：一个人生命过期的标志。这个国家同样如此：是时候来一场大火，是时候来一个结束了，它需要浴火重生，不管在灰烬里生出来的会是什么。

救护车来的时候，我已全身僵硬，要人扶着才能站起来。当我松开黏糊糊的手指，伤口又重新打开了。"他流了很多血。"我说。"不严重。"救护车上的人轻描淡写地回答。他拨开男孩的眼皮。"脑震荡,"他说,"怎么搞的?"

贝奇坐在床上,长裤脱掉了,双手泡在一盆水里;弗洛伦斯跪在他面前包扎他的腿。

"你怎么丢下我一个人照看他?你怎么不留下来帮忙?"

听上去我的确像在发牢骚,但至少这一次我发得有理。

"我不想跟警察打交道。"弗洛伦斯说。

"这不是问题所在。你留我一个人去照顾你儿子的朋友。为什么得由我去照顾他?他又不是我的什么人。"

"他在哪儿?"贝奇问。

"他们把他送到伍德斯托克医院去了。他有点脑震荡。"

"脑震荡是什么意思?"

"他失去意识了。他撞到了头。你知道你们怎么会撞车的吗?"

"他们推了我们。"他说。

"是的,他们推了你们。我看到了。你们还活着已经是幸运了,你们两个。我要去投诉他们。"

贝奇和他妈妈对视了一眼。"我们不想和警察打交道。"弗洛伦斯重申,"你拿警察没办法的。"她又瞥了儿子一眼,像是在寻求他的认同。

"如果你不投诉,他们会一直为所欲为。哪怕这事儿没有任何结果,你也不能就这样算了。我说的不是警察。我说的是那些掌权者。你必须让他们看到你不怕他们。这是件严肃的事。他们差点杀了你们,贝奇。他们到底为什么要针对你们?你和你那个朋友在搞什么鬼?"

弗洛伦斯在他腿上缠好绷带,又跟他嘀咕了几句。他把手从盆里拿出来。一股消毒水的味道。

"很痛吗?"我问。

他伸出手,掌心朝上。血还在从掉了皮的肉里渗出来。光荣负伤?这会不会被算作光荣负伤、在战场上负伤?我们一齐看着这双流血的手。我感觉他在强忍眼泪。一个孩子,不过是个孩子,在玩自行车。

"你的朋友,"我说,"你不觉得应该跟他父母说一声吗?"

"我可以打个电话。"弗洛伦斯说。

她打了通电话,叽里呱啦说了好长时间。"伍德斯托克医院。"我听到她说。

几个小时之后来了一个电话,从公用电话亭打来的,一个女人找弗洛伦斯。

"他不在那个医院。"弗洛伦斯报告说。

"是他妈妈打来的?"我问。

"他奶奶。"

我打电话到伍德斯托克医院。"你们不会知道他的名字,他们带走他的时候他失去意识了。"我说。

"没有这样一个病人的记录。"那边的男人说。

"他额头上有一道很吓人的伤口。"

"没有记录。"他重复道。我放弃了。

"他们跟警察是一伙的,"贝奇说,"他们都一样,救护车,医生,警察。"

"你这是胡说。"我说。

"没人还会信任救护车。他们总是在用对讲机跟警察讲话。"

"胡说。"

他不无风度地笑了笑,享受着这个给我上课、告诉我什么是真实生活的机会。我是住在鞋子里的那个老媪,没有孩子,自己不知如何是好。"是真的,"他说,"听得出的。"

"警察为什么要盯着你?"

"他们不是盯着我。他们是盯着每一个人。我什么也没做。但只要是他们觉得应该待在学校里的人,他们就不会放过。我们什么也没做,只是说我们不会去上学。结果他们就对我们发动这种恐怖偷袭了。他们是恐怖分子。"

"你们为什么不去上学?"

"上学有什么用?那只是让我们融入种族隔离制度而已。"

我摇着头看向弗洛伦斯。她嘴唇上挂着一个小小的微笑,她也懒得掩饰了。她儿子眼看要轻松取胜。好吧,由他去。"我是个老朽了,"我对她说,"我没法相信你会希望你儿子到街上去浪费时间,等着隔离制度结束。隔离制度不会明天就完蛋的,后天也不会。他这是在毁掉自己的未来。"

"哪个更重要?隔离制度必须被摧毁还是我必须去学校?"贝奇以挑战的口吻问道,胜券在握。

"没有这样的二选一。"我皱着眉头回答。但我是对的吗?如果没有这样的选法,那又有什么样的选法?"我带你去伍德斯托克吧,"我讲和了,"但是我们必须马上出发。"

看到维克尔在那儿等着,弗洛伦斯面有愠色。但我执意让他去。"汽车出了问题的话得靠他。"我说。

于是我拉着他们去了伍德斯托克,维克尔坐在我旁边,身上比以往更熏人,闻起来也惨兮兮的;弗洛伦斯和贝奇默默坐在后面。汽车吃力地沿着缓坡一路开到医院,这一次我很沉着地把车停在了下坡的方向。

"我说了,这儿没这个人。"前台那个男人说,"如果你们不相信我,就自己去病房看看。"

虽然已经很疲累,我还是拖着步子跟在弗洛伦斯和贝奇身后,走遍了男病房。正是午休时间,窗外的树上传来鸽子轻柔的咕咕声。我们没看到头缠绷带的黑人男孩,只看到穿着睡衣的白人老头儿眼神空洞地望着天花板,收音机里放着舒缓的音乐。我隐秘的兄弟们,我暗想,我本是属于这里的人。

"如果他们没有把他带到这儿来,他们会把他带到哪里去?"我问前台。

"去格鲁特·舒尔医院看看。"

格鲁特·舒尔的停车场没有空位。我们燃着车子在大门口等了半个小时,弗洛伦斯和她儿子在窃窃私语,维克尔神色茫然,我则打着哈欠。就像南非一个慵懒的周末,我想,像一家人的一次驾车出行。我们本可以玩个单词游戏来打发时间,但我怎么开口对他们仨发起呢?只有我一个人拥有一段让人怀念的、玩单词游戏的旧时光。那时候,我们这些中产阶级,安逸的阶级,喜欢星期天在乡间漫游,从一个风景点晃到另一个风景点,也喜欢找一间窗景优美的茶室,最好是西向朝海的,就着茶、抹了草莓酱和奶油的司康饼,打发掉一整个下午。

开出来一辆车,我们停了进去。"我就留在这儿。"维克尔说。

"脑震荡病人会被送到哪里?"我问医院里的人。

沿着又长又拥挤的走廊,我们一路寻找 C5 病房。我们挤进一部电梯,里面有四个戴着面纱、端着食物盘的穆斯林女人。贝奇为手上的绷带感到难为情,便把手背到身后。看过了 C5,看过了 C6,我们都没有看到那个男孩的影子。弗洛伦斯拦住一个护士。"到新的翼楼找找。"她建议我们。已经精疲力竭的我摇了摇头。"我走不动了,"我说,"你和贝奇去找吧,我们在车上碰头。"

我是真的累了,臀部疼痛,心跳加速,嘴里一股难闻的味道。但还不止于此。我看到了太多生病的老人,而且太没防备。他们压迫着我,压迫和威胁着我。黑人和白人,男人和女人,在走廊上慢吞吞地走来走去,互相贪婪地打量,当我走近时他们就盯住我,在我身上准确地捕捉到了死亡的气息。"装什么样子!"他们似乎在嘀咕,准备抓住我的胳膊,把我拽回去:"你觉得这儿是你想来就来,想走就走的吗?你懂不懂规矩?这儿是痛苦和悲伤之屋,是你死前的必经之地。这是对所有人的判决:行刑前在监狱里待一段时间。"老猎犬在走廊上巡逻,确保没有死囚逃回空中,逃回光明,逃回上面那个丰足的世界。冥府般的所在,而我,一个逃亡的幽灵。我走出门时身体在发抖。

维克尔和我在车子里默默无语地等着,像一对结婚太久的夫妻,除了抱怨就没什么话好说的了。我甚至开始习惯他的气味了,我心想。这也是我对南非的感觉吗?不是喜欢它,只是对它的秽气习以为常?婚姻即命运。我们跟什么样的人结合,就会成为什么样的人。我们这些与南非结合的人就成了南非人:丑陋,阴沉,迟钝,身上唯一的活力就是被惹毛的时候亮一亮獠牙。南非:一只坏脾气的老猎犬在门口打着盹儿,等着死亡来临。哪怕这个名字,作为一个国家名也都太没创意了!但愿他们从头再来的时候把这名字也换了。

一群下班的护士说笑着从一旁走过。我回避的正是她们的照料,我心里想。如果我把自己交给她们,我现在该多么轻松!干净的床单,在我身体上轻快移动的手,疼痛的解脱,无助感的解脱——到底是什么在阻止我屈服?我感到喉咙发紧，眼泪涌了出来，便转过脸去。一阵短时阵雨，我对自己说——英国的天气。但事实是，我越来越容易哭，羞愧感也越来越少。我以前认识一个女人，她的快感和高潮（你介意你母亲谈论这种事情吗？）来得特别容易。她说，高潮时会有微微的战栗席卷她的身体，一波接着一波，她的身体就像水一样涟漪起伏。我曾经好奇，活在这样一具身体里会是什么感觉？被催发成水：这是不是就是所谓极乐？现在，在这眼泪的阵涌里，在我自己的潮解[1]里，我得到了某种回答。不是悲痛的眼泪，只是伤感的眼泪。一种幽幽的、捉摸不定的伤感：蓝色的忧郁，而不是黑色——毋宁说是清朗的冬日里远空下的一抹苍蓝。一件私密的事情，心湖[2]的一阵波动，但我也越来越懒得掩藏了。

我擦干眼泪，擤了擤鼻子。"你不用觉得尴尬，"我对维克尔说，"我就是无缘无故地想哭。谢谢你陪着一起过来。"

"我没看出你哪里用得着我。"他说。

"独自一个人很难面对所有的事情。没别的。我没有选择你，但正好你在这儿，那我也不好另请高明。你来都来了。这就像养了个孩子。你没法选择一个孩子。是孩子自己来的。"

---

[1] 潮解：某些易溶于水的固体物质，露置于潮湿的空气中，逐渐吸收空气中的水分，表面溶解成饱和溶液的一种现象。

[2] 心湖（the pool of the soul）：出自《神曲》，指内心中储存情感之处。见《神曲·地狱篇》第一章。

他移开目光,慢慢露出一丝狡黠的笑容。

"再说了,你可以推车。如果我不能用车,就只能困在家里。"

"你需要的只是换块新电池。"

"我不想换什么新电池。你觉得不能理解,是不是?需要我解释一下吗?这是辆老爷车,它属于一个已经快要不存在了的世界,但它还能开。那个世界留下来的东西,还能用用的东西,我都不想丢掉。我喜不喜欢并不重要。事实上,我是那个世界的人,而不是——感谢上帝——这个世界的人,即使这个世界是从那个世界变化过来的。在那个世界里,你不能指望汽车随时随地都能发动。你可以先用自动点火器。如果不行,你可以试试曲柄摇杆。如果再不行,你就找个人来帮你推。如果这样还是不能把车子发动起来,那你只能骑车或者走路,要么干脆待在家里。在我那个世界,这就是事情全部的样子。我身处其中很自在。那是一个我能理解的世界。我不明白我为什么要改变。"

维克尔什么话也没说。

"如果你觉得我是个旧时代的老古董,"我补充道,"那你也该想想你自己了。你已经看到现在的孩子们对喝酒、无所事事和 *leeglopery*[1] 是什么态度。你要当心。在未来的南非,人人

---

1 南非荷兰语:闲逛。

都必须工作,包括你。你可能不喜欢这样的前景,但你最好做好准备。"

夜幕降临停车场。弗洛伦斯在哪儿呢?背部的疼痛让我心力交瘁。已经过了我服药的时间了。

我想起空荡荡的家,还有前方的萧索长夜。眼泪又涌了上来,不争气的眼泪。

我说:"我跟你提到过我在美国的女儿。对我来说,我女儿就是一切。我没有跟她说实话,没有告诉她我所有的情况。她知道我病了,知道我做了一个手术;她还以为手术很成功,我的健康在好转。我夜里躺在床上,盯着我掉进去的那个黑洞的时候,我只有想着她才能让自己保持清醒。我对自己说:我带了一个孩子到这世上来,我看着她变成了女人,看着她安然过上了新的生活,我的任务已经完成,我没什么可失去的了。一旦暴风雨打过来,这个想法就是我死死抱着的支柱。

"有时候我会寄情于一套想象的小程式,那能让我保持平静。我对自己说:世界这头现在是凌晨两点,所以她那头是傍晚六点。想象一下:傍晚六点。想想会发生些什么,事无巨细。她刚刚下班回到家。她把大衣挂起来。她打开冰箱,拿出一包冻豌豆。她把豌豆全部倒在碗里。她拿出两个洋葱,开始剥皮。想想那些豌豆,想想那些洋葱。想象一下她活动的那个空间,那个有着自己的气味和声音的世界。想象北美洲一个夏日的傍晚，蚊蚋隔着纱门，孩子在街上叫喊。想象我的女儿在她的房子里，在她的生活里，手拿一个洋葱；她将在那块土地上平静地生活到老。时间流逝，在那块土地上，在这里，在世界上其余的地方都是同样的节律。想想那种流逝。飞快地流逝：这边开始天亮，那边已经天黑。她上床睡觉了；她懒洋洋地躺到她丈夫的身边，躺在他们的婚床上，在那个平静的国度里入睡了。我想着她的身体：沉静，结实，生机勃勃，神安气定，已是自由之身。我心头一热，只想抱一抱她。'我无比感激！'我想说。这是我的由衷之言。我也想说：'救救我！'但我说不出口。

"你听得懂吗？你能理解吗？"

车门开着。维克尔侧身跟我保持着距离，头靠着门柱，一只脚踩在地上。他重重地嘘了一口气，我听到了。盼着弗洛伦斯回来，回来救他，显然的。这些告白，这些诉说，这些婆婆妈妈多么乏味啊！

"因为你不能要求一个孩子来做这种事，"我继续说了下去，"来拥抱你，安慰你，拯救你。安慰和爱应该是正向传递而不是反向传递。这是一条准则，另一种铁则。一个老人乞求爱，只会带来乌烟瘴气。[1] 就像当父母的想爬上孩子的床：有悖人伦。

---

[1] 此处应该是影射李尔王。

"然而,要切断那种有血有肉的接触,脱离我们与血肉之躯的所有联结,真的太难了!那就像一艘汽轮正在离开码头,那些彩带绷紧,噼啪断裂,飘落空中。最后一次起航。亲人们转身离开。这真的太让人难过,太让人难过了!刚刚那群护士经过的时候我差点就想下车,重新向医院屈服、投降,把自己交给她们,让她们来帮我脱衣服,扶我上床,伺候我。我发现我最渴望的就是她们的手。手的触碰。如果不是为了让她们用灵巧的双手去触摸、去安抚那些衰老的、不雅的身体,我们为什么要雇请这些姑娘,这些孩子?为什么我们要把灯交给她们,称她们为天使?因为她们会在夜半三更来告诉我们到点走人了吗?也许吧。但也因为她们会伸出手,重新建立已被切断的触碰。"

"把这些话告诉你女儿,"维克尔静静地说,"她会来的。"

"不。"

"现在就告诉她。往美国打电话。告诉她你需要她。"

"不。"

"那就别事后再跟她说,那已经太迟了。她不会原谅你的。"

这句抢白好比打了我一记耳光。

"有些事情你不明白。"我说,"我没打算把我女儿召回来。我是很想念她,但我不希望她待在这儿。这就是'想念'

的意义。要离得够远才会想念。[1] 最好远在天边。"

不得不表扬的是,他没有受这种无稽之谈的干扰。"你必须做出选择,"他说,"告诉她还是不告诉她。"

"我不会告诉她的,你大可放心。"我说(我真是说大话不脸红)。我情不自禁地抬高了调门:"让我提醒你,这里不是一个正常的国家。我们不可能想来就来,想走就走。"

他没向我伸出援手。

"这儿的局面没有发生变化之前,我女儿是不会回来的。她立过一个誓:她不会回到现在这个南非。你我都知道这个国家是什么样子,她也知道。她绝不会向那些家伙——我该怎么称呼他们?——申请入境许可。只有当他们被吊死在路灯上了,她才会回来,她说。到那一天,她会回来朝他们的尸体扔石头,然后上街跳舞。"

维克尔咧着嘴笑了,露出一口马齿一样的黄牙。一匹老马。

"你可能不相信我,"我说,"但是也许有一天你会见到她,那时候你就明白了。她就像块铁一样。我不会要求她违背自己的誓言的。"

"你也像一块铁。"他对我说。

一阵沉默降临。我感到心里有什么东西碎裂了。

---

[1] 这里原文用了 long(动词:想念;形容词:远的,长的)这个词的双关。

"你这么说，我觉得心都快碎了。"我脱口而出。可我不知道要怎么接下去。

"如果我是铁做的，我肯定不会这么容易心碎的。"我说。

我们在电梯里碰到的那四个女人走进停车场，一个穿蓝西装、戴小白帽的小个子男人护送着她们。他把她们领上一辆汽车然后开走了。

"你女儿是做了什么事情所以不得不离开吗？"维克尔说。

"没有，她什么也没做。她只是受够了。她说走就走，走了就不回来了。她自己去开创了一种新的生活。她结了婚，建立了一个新的家庭。这是最好的做法，最明智的选择。"

"但是她还没忘记这里。"

"是的，她没有忘记。可我凭什么断定呢？也许人就是会忘记过去的：渐渐淡忘。我无法想象这事儿，但也许这是个事实。她说：'我出生在非洲，南非。'我听到她在谈话中说过这句话。我觉得这听起来像是一个句子的前半段。应该还有一个后半段，但它从来没有出现过。所以这后半段就成了一个悬念，就像一对失散的双胞胎中的一个。'我出生在南非，我再也不会看它一眼。''我出生在南非，有天我会回去的。'哪半句是走失的那另一个？"

"所以她是一个流亡者？"

"不，她不是流亡者。我才是那个流亡的。"

他在学着和我对话。他在学着推进话题。我有种插言的冲动。"深感欣慰!"我很想说。在他长久的缄默之后,这欣慰简直让人热泪盈眶。

"我不知道你有没有孩子。我也不知道这对于男人来说是不是一样。但如果你从自己的身体里生出一个孩子,你就把你的生命也给了这个孩子。尤其是给了第一个孩子,第一胎。你的生命不再仰仗于你,不再是你的,它属于那个孩子了。这就是为什么我们不会真的死去:我们只是传递生命,生命在我们身上停留一段时间,然后我们就被抛在了后面。我只是一个躯壳,正如你看到的,被我的孩子抛在身后的躯壳。我身上发生什么事情是无关紧要的。老年人身上发生什么事情都无关紧要。不过,话虽如此——我说这话,不指望你能理解,但无所谓——真到了离去的边缘仍然是让人恐惧的。即使那只是一种指尖跟指尖的接触,人也是不愿意放手的。"

弗洛伦斯和她的儿子正穿过停车场,飞快地朝我们走过来。

"你应该去陪她的。"维克尔说。

我笑了。"死在美国我可负担不起,"我说,"没人负担得起,除了美国人。"

弗洛伦斯怒气冲冲地钻进后排,一屁股坐下去,车子都晃了几晃。

"你找到他了吗?"我问道。

"找到了。"她说，脸色铁青。贝奇钻进来坐在她旁边。

"然后呢？"我说。

"我们找到他了，他是在这个医院。"弗洛伦斯说。

"他还好吗？"

"还好。"

"那就好，"我有点窝火，"谢谢你告诉我。"

我们在沉默中驶离医院。弗洛伦斯直到落屋了才吐露实情："他们把他扔在一帮老头儿中间。太可怕了。那儿有一个人疯了，一直在大喊大叫，骂骂咧咧，护士都不敢靠近他。他们不能把一个小孩扔到这样的房间。他那不是待在医院，那是待在一个葬礼等候室。"

葬礼等候室：这几个字在我脑海里挥之不去。我想吃点东西，但根本没有胃口。

我去柴棚找维克尔，他正就着烛光摆弄他的鞋子。"我要回医院去，"我说，"你一起去吗？"

弗洛伦斯描绘的病房在那栋老楼的尽头，要先走到地下室，经过厨房，然后再往上走才能找到。

真是那样。一个剃着光头、瘦得像一支钉耙的男人坐在床上，一边拍打着大腿，一边在大声念唱。一根宽宽的黑色皮带绕过他的腰部把他和床捆在一起。他在唱什么？我根本听不懂他嘴里是哪门子话。我站在门口不敢进去，害怕他会突然盯着我，停止念唱，举起骨瘦如柴的黑色胳膊指向我。

"DTs[1]，"维克尔说，"他这是 DTs。"

"不，比这还要糟糕。"我低声说。

维克尔抓住我的手肘，把我牵了进去。

病房中间有一张长桌，桌上杂乱地放着一些托盘。有人在喀喀地湿咳，好像肺里都是牛奶。"在角落里。"维克尔说。

他不知道我们是谁，而我要辨认出这个鲜血粘住过我手指的男孩也不容易。他头上缠着绷带，脸皮隆肿，左边手臂吊在胸前。他穿着浅蓝色的病号服。

"别说话，"我说，"我们只是来确认一下你是不是还好。"

他张开肿胀的嘴唇，又闭上了。

"你还记得我吗？贝奇的妈妈是在我那儿干活儿的。今天早上我也在那儿，我看到了所有的事情。你得快点好起来。我带了些水果给你。"我把水果放到床头柜上：一个苹果，一个梨。

他的表情没什么变化。

我之前不喜欢他。现在还是不喜欢。我检视自己的内心，没有找到任何对他的感情。正像有些人你会不由自主地对他们产生好感，有些人你也会从一开始就不想搭理。如此而已。这个男孩不像贝奇。他没有神采。他身上有一种傻气，一种露骨的傻气，毫不收敛，冥顽不灵。他属于那种过早变声的男孩，

---

[1] DTs：Delirium tremens 的缩写，震颤性谵妄，酒精依赖者在停用酒类后出现的急性反应。

他们十二岁上就告别了童年,变得残忍、世故。一个简化的人,在任何方面都是简化的:比普通人行动更快,更直接,更不知疲倦,没有疑虑或顾忌,没有幽默感,无情,幼稚。他躺在街上的时候,我以为他要死了,我尽我所能救助了他。但是,坦率地说,我宁愿我的精力是花在别人身上。

我记得我照顾过一只猫,一只下颚脓肿导致没法进食的橘色公猫。我把他[1]抱进屋里——他太虚弱了,抗拒不了——用一根管子喂他牛奶,里面掺了抗生素。他恢复体力之后我就把他放了,但还继续在外面给他放些食物。有一年时间,我断断续续在附近看到他;这一年里那些食物都被吃掉了,然后他就永远消失了。从头到尾,他都是把我当敌人看待,没有服软过。即使是在他最虚弱的时候,他的身体在我的手底下也是僵硬、紧张、抗拒的。在现在这个男孩身上,我也感觉到了同样的抗拒。虽然他的眼睛睁着,他并没有看见我;我说的话他也没有听见。

我转向维克尔。"我们走吗?"我说。在某种冲动之下——不,不只是冲动,应该是有意识地跟随着这股冲动——我摸了摸男孩没受伤的那只手。

那不是握手,不是长时间的触摸,仅仅是碰了他一下,仅仅是指尖在他手背上拂过。但我感觉到了他的拘谨,他的手恼

---

[1] 原文指称动物会混合使用 it、he、she 等人称代词,本书译文皆遵从原文译出。

怒地往回一掣,就像触电一样。

就当代替你没来的母亲吧,我在心里说。而我嘴上说出来的是:"不要急于做判断。[1]"

不要急于做判断:我这是想说什么?如果我自己都不知道,那谁还说得清?肯定不能指望他会懂。不过,在他那里,我相信误解的根基更深。我的话对他而言就像枯枝败叶,一出口就凋落了。一个女人的言语,所以无足轻重;还是一个老女人,那就双倍无足轻重;但最关键的是,那是一个白人。

我,一个白人。当我想到白人的时候,我看到了什么?我看到一窝(不是一群,是一窝)在灼热的、尘土飞扬的平原上不知何去何从的绵羊。我听到一片鼓噪的蹄声,一片相互掩盖的混乱叫声,如果侧耳细听,就能听见那是千百种不同的音调在咩咩叫着一个同样的词:"我!我!我!"而在它们中间,一群笨拙野蛮、刚愎死板、眼红齿利的老公猪在巡游,用鬃毛倒竖的肋腹把它们撞到一边,嘴里哼哼着:"处死!处死!"我像这个男孩一样对白人的触碰避之唯恐不及,虽然这对我并没有什么好处;我甚至也会避开一个拍他手的白人老妇,如果她不是我的话。

我又尝试了一次。

"退休之前,"我说,"我是一个老师。我在大学里教书。"

---

[1] 做判断:judge。这个词有多重含义,在《圣经》中视上下文分别译为"审判""论断"或"判断"。

维克尔在床对面目光炯炯地望着我。可我不是在对他讲话。

"如果你上过我的修昔底德[1]课,"我继续说道,"你可能就会知道我们的人性在战争期间会是什么表现。我们生来就具备的那种人性,生来就继承的那种人性。"

那男孩的眼睛里像有一层烟霾:眼白没有光泽,瞳孔黯淡枯黑,像是打印机墨水。虽然他可能被注射了镇静剂,他仍然知道我在那儿,知道我是谁,知道我在跟他说话。他知道,但他没在听,就像他也没有听过任何老师讲课,只是像块石头一样坐在教室里,声音过耳无动于衷,只等着下课铃响起,磨着时间。

"修昔底德写到了那些制定规则并且遵循规则的人。按照规则,他们处死了一整个阶层的敌人,没有一个例外。我相信,大多数死去的人都觉得,发生在他们身上的是一个可怕的错误。他们觉得,无论规则是什么,那都不可能是针对他们的。'我!——'这是他们在喉咙被割断的时候说的最后一个词。一个表达抗议的词:我,是例外。

"他们是例外吗?事实上,如果给我们时间陈述,我们都会宣称自己是例外。我们每个人都能找到一个事实或理由来证明。我们都应该被无罪释放。

---

[1] 修昔底德(公元前约460—公元前约400):古希腊历史学家和将领,主要著作有《伯罗奔尼撒战争史》。

"但在很多时代,不是所有人都有时间去仔细聆听、去甄别例外、去宽以待人。没有时间,就只能按规则办事。而这是巨大的遗憾,一个最大的遗憾。这就是你本可以从修昔底德那儿学到的东西。如果我们发现自己进入了一个这样的时代,那就是一个巨大的遗憾。进入这样的时代,我们应该感到沉痛。它无论如何不该受到欢迎。"

他颇为谨慎地把那只没受伤的手缩到了被单下面,以防我再次出手触碰。

"晚安,"我说,"我希望你睡个好觉,明天早上会觉得好些。"

那个老头儿停止了念唱。他的手还像垂死的鱼一样在一下下拍着大腿。他的眼睛翻起了白,下巴上挂着一道道涎迹。

车子又发不动了,维克尔不得不推一把。

"这个男孩跟贝奇不一样,很不一样,"我不由自主话有点多,"我尽量不表现出来,但他确实让我神经紧张。贝奇受到他的影响我很遗憾。不过,还有成千上万像他这样的年轻人,我想。比像贝奇这样的多得多。正在兴起的一代人。"

我们到家了。他没得到邀请就跟着我进了屋。

"我得睡觉了,我累坏了。"我说;但看他没有要离开的样子,又说:"你想吃点什么吗?"

我把食物放在他面前,自己服了药,等着。

他用那只残疾的手拿起一条面包,切下一片,厚厚地抹上黄油，又去切奶酪。他的指甲脏兮兮的。谁知道他还摸过些什么。而这就是我推心置腹的那个人，那个托付身后事的人。为什么通向你的道路这么曲折？

我的脑子像一个水池，被他的手指伸进去搅动着。没有他的手指，就只有静止、凝滞。

一条迂回的路。以迂回的方式找到方向。螃蟹的爬行。

他的脏指甲正在嵌入我。

"你脸色不好。"他说。

"我累了。"

他嘴里没停，长牙霍霍。

他观察，但不判断。身上永远一股淡淡的酒气。酒精软化他，也保护他。*Mollificans*[1]。酒精让人宽容。他喝两口就不计较。他这一生都不计较。他，维先生，是我的受话筒。我跟他说话，然后写下来。为了写下来而说话。而面对那不喝酒的新兴一代，我无话可说，只能说教。他们的手很干净，指甲也干净。新的清教徒，掌握原则，也坚持原则。痛恨酒精，因为酒精软化原则，销金蚀铁。不信任怠惰、温顺和踌躇不前的人。不信任有褶皱的言语，比如我写的这种。

"而且我还生病了，"我说，"又病又累，又累又病。我身体里有个'孩子'，但我不能把它生下来。不能，是因为它不

---

1 拉丁语：软化。

想被生下来。因为它不能在我的体外存活。所以它是我的囚徒，或者说我是它的囚徒。它擂着门但不能离开。一直是这样，没有停过。我体内的'孩子'在擂门。我的女儿是我第一个孩子，她是我的生命。这是第二个，一团胞衣，多余的东西。你想看电视吗？"

"我以为你想睡觉了。"

"不，我现在不想一个人待着。反正，我身体里那位现在擂得不厉害。他[1]服了他的药片，开始打瞌睡了。我每次服药都是两片，你注意到了吧，一片我的，一片他的。"

我们并排坐在沙发上。一个面颊红润的男人正在接受采访。他据称拥有一个狩猎农场，还将狮子和大象出租给电影公司。

"跟我们说说你遇到过的海外名人吧。"采访者说。

"我去泡点茶。"我边说边起身。

"屋里还有什么别的东西吗？"维克尔说。

"雪莉酒。"

等我拿着雪莉酒的瓶子出来，他正站在书架前面。我关了电视。"你在看什么？"我问道。

他举起一本沉甸甸的四开本。

"你会发现这本书挺有意思的，"我说，"写这本书的女人

---

[1] 指称柯伦太太体内"孩子"的人称代词遵从原文译出。

乔装成一个男人,横穿了巴勒斯坦和叙利亚。上个世纪的事儿。那些彪悍的英国女人中的一个。但里面的图片不是她画的。那是一个专业插画师画的。"

我们一起翻看着这本书。通过某种透视法技巧,插画师给月光下的营地、沙漠里的峭壁和荒废了的庙宇赋予了一种若隐若现的神秘氛围。没有人为南非这么做过:让它变成一片神秘之地。现在已经太迟了。它已经在人心中定格为一个光线单调坚硬,没有阴影,没有深度的地方。

"你随便看吧,"我说,"楼上还有更多的书。你喜欢看书吗?"

维克尔放下那本书。"现在我要上床了。"他说。

我再次泛起一阵鸡皮疙瘩。为什么?因为,坦白地说,我不喜欢他散发的那股味道。因为我宁愿不去设想一个穿着内衣的维克尔。最不堪的是那双脚:脚指甲都硬化成疙瘩了。

"我能问你一个问题吗?"我说,"以前你生活在哪儿?你怎么就开始流浪了?"

"以前我在海上,"他说,"我告诉过你的。"

"但是一个人不会生活在海上。人又不是在海上出生的。你没有在海上待 辈了吧。"

"我待在一条拖网渔船上。"

"然后呢?"

他摇了摇头。

"我只是问问。"我说,"我们总希望对身边的人有所了解。这很正常。"

他脸上又浮起那副狡黠的笑容,冷不丁露出一颗又长又黄的虎牙。你在隐瞒一些事情,我心想,但那是什么呢?一段悲剧式爱情?一次牢狱之灾?想到这里我自己也笑了。

于是我们俩就站在那儿笑着,各自暗怀我们发笑的理由。

"如果你愿意的话,"我说,"你还是可以睡沙发上。"

他脸色很犹疑:"那条狗习惯跟着我睡了。"

"你昨晚也没带着狗睡啊。"

"如果我不去,他会一直在那儿闹。"

昨晚我并没有听见狗在闹。只要他喂饱了它,难道它还真的在乎他睡在哪里?我怀疑,他拿一条焦虑的狗当借口,就像别的男人拿一个焦虑的妻子当借口。但是另一方面,也许正是因为那条狗我才信任他。狗嗅得出善良与邪恶:边境巡逻者,哨兵。

那条狗对我并不热情。猫味太重了。猫女:喀尔刻[1]。而他,坐着拖网渔船在海上漂泊了一程之后,正于此地上岸。

"那你随意。"我说,没有留他,也装作没留意他还拿在手上的雪莉酒。

一个遗憾,我心想(药片带我入梦之前的最后一个想

---

[1] 喀尔刻(Circe):希腊神话中的女怪,在《奥德赛》中,曾留住奥德修斯与她同居。

法):我们本可以搭个伙,我们两个,凑合凑合,我在楼上,他在楼下,度过这最后的一小段时光。如果这样,夜里就能有一个人在你眼前了。毕竟,那就是一个人在临终时刻想要的:有人在那儿,可以让你在黑暗中呼唤。母亲,或随便哪个可以替代母亲的人。

既然我跟弗洛伦斯说了我会怎么做,我就去了卡列登广场,想对那两个警察提出指控。但是那边声称,要提出指控,只有"直接受影响的当事人"才有资格。

"告诉我们具体情况,我们会调查的,"接待员说,"那两个男孩叫什么名字?""没经过他们同意,我不能告诉你他们的名字。"他把笔放下了。一个年轻人,服装整齐,行为得体,新型警察队伍中的一员。他们都在开普敦培训了一段时间,以加强在面对自由人道主义者挥舞的手臂时他们的自控能力。

"我不知道你是不是为这身制服感到骄傲,"我说,"但你街上的同事辱没了它。他们也羞辱了我。我感到羞耻。[六]不是为他们:是为我自己。你不让我提出指控,因为你说我没有受影响。可我怎么没有受影响呢,我受到了非常直接的影响。你明白我在说什么吗?"

他没有回答,只是笔挺地站着,警戒着,为接下来可能发生的任何事情做好准备。他身后的那个人埋着头在看文件,装作什么也没听到。但他们其实用不着担心。我已经没什么好说的了,或至少没有心力去想更多的了。

维克尔坐在停在贝登康特街的车子里。"我真的是傻到家了。"我说,眼泪突然又要夺眶而出。"你们让我感到羞耻。"我还对他们讲。他们那帮人没准还在那儿发笑呢。*Die ou kruppel dame met die kaffertjies.*[1] 然而我还能有什么别的感受吗?也许我应该明确地接受这个事实,从现在开始,一个人只能如此活着:处于羞耻状态。也许长期以来我的感受就只能命名为"羞耻感"。这就是那些觉得活着还不如去死的人的感受。

羞耻。屈辱。虽生犹死。

车子里沉寂了好一阵。

"可以借我十兰特吗?"维克尔开口了,"我的抚恤金星期四才下来。到时候我还给你。"

---

[1] 南非荷兰语:一个瘸腿老太婆和几个小黑娃。Kaffertjie 是南非语中对年轻黑人男性的侮辱性称呼。

第三章

昨天半夜里来了个电话。一个女人上气不接下气的声音，肥胖的人特有的那种急促呼吸："我找弗洛伦斯。"

"她睡了。大家都睡了。"

"我知道。您可以叫醒她。"

外面正在下雨，不过下得不大。我去敲弗洛伦斯的门。门立刻就开了，好像她一直站在那儿等待召唤似的。有个孩子在她身后蒙眬地咕哝了两声。"电话。"我说。

五分钟后她跑到我的房间。她没戴眼镜，也没包头发，穿件长长的白色睡衣，看上去年轻了不少。

"出事了。"她说。

"贝奇吗？"

"是的，我得去一趟。"

"他在哪儿?"

"我得先去古古来图,然后,我可能得去C区。"

"我完全不知道C区在哪儿。"

她不解地看着我。

"我是说,如果你能指路,我就开车带你去。"我说。

"好,"她说,但还在犹豫,"但我不能把孩子们扔在这儿。"

"那她们就得一起去了。"

"好吧。"她说。我还从未见过她如此举棋不定。

"还有维克尔先生,"我说,"他得帮忙推车。"

弗洛伦斯直摇头。

"没办法,"我坚持说,"他必须去。"

那条狗趴在维克尔身边。我进去的时候它尾巴拍着地面,但没有站起来。

"维克尔先生!"我粗声叫道。他睁开眼睛;我把手电光挪开。他放了个屁。"我得送弗洛伦斯到古古来图去。事情很紧急,我们要马上出发。你一起去,好吗?"

他没有答话,只是侧过去蜷起了身子。狗也换了个姿势趴着。

"维克尔先生!"我一边叫,一边把灯光对准他。

"滚开!"他嘟囔了一声。

"我叫不醒他,"我告诉弗洛伦斯,"我得找个人推车才行。"

"我来推。"她说。

她把两个小孩放在后座,替她们盖好毯子,然后推动了车子。我们出发了。透过被我们的呼吸弄得雾气蒙蒙的车窗，我费力地张望着开上德瓦尔大道，在克莱蒙大街瞎转了一气，终于开到了兰斯顿路。今天的头班公共汽车已经上路了，车厢里灯火通明，空无一人。还不到五点钟。

我们开出住宅区，把房子、街灯都抛在了身后。雨在西北风里下个不停，我们就循着头灯微弱的黄光往前开。

"如果有人挥手要你停车，或者路上有什么障碍，你不要停，直接开过去。"弗洛伦斯说。

"那肯定不行，"我说，"你应该早点提醒我。我得先说明白，弗洛伦斯，看到危险信号我就会掉头。"

"我不是说一定会有，我只是跟你说一声。"

我提心吊胆地在黑暗中开着车。但是并没有人挡路，没有人挥手，也没什么东西架在路上。危险，看来还在睡梦中；危险正养精蓄锐，等待下一轮披挂出场。通常，在这个时间，道路两旁应该有成百上千的男人步履沉重地去上工，现在也空荡荡的。不断有团雾朝我们飘来，笼罩着车子，又飘散开。幽灵队队，魅影幢幢。好像到了阿俄尔诺斯[1]：鸟都没有一只。我打

---

[1] 阿俄尔诺斯（Aornos）：古希腊亚历山大大帝入侵印度的征战中最后被围困的地点，现在巴基斯坦境内。这个词在古希腊语中就是"没有鸟（birdless）"的意思。在《埃涅阿斯纪》中，维吉尔如此描写埃涅阿斯在冥界的入口所见："前面有一个深洞，洞口敞开，其大无比，怪石嶙峋，洞前有一汪黑水湖，浓密的树丛遮蔽着它。没有飞鸟能够振翼飞过湖上而不遭受损害，因为有一股毒气从黑黝黝的洞口冒出来，冲向天宇（希腊人把这个地方叫作阿俄尔诺斯）。"（见《埃涅阿斯纪》，杨周翰译，译林出版社，1999，147页。据杨周翰所做注释，括号里的话是抄书人做的注解。）

着寒战，跟弗洛伦斯对视了一眼。"还有多远？"我问道。

"不远了。"

"他们在电话里怎么说的？"

"他们昨天又开枪了。他们把枪发给了 witdoeke[1]，witdoeke 开的枪。[七]"

"他们在古古来图开枪？"

"不是，他们在村子[2]里开枪。"

"弗洛伦斯，一有危险的苗头，我就掉头回去。我们去接贝奇，这就是我们的目的，然后我们就回家。你不该让他离开的。"

"没错，但这里你要拐弯了，左拐。"

我拐了过去。前方一百米处，障碍物横在路中间，灯光闪烁，道旁停着一溜卡车，下面站着带枪的警察。我停下车；一个警察走了过来。

"你们到这里干什么？"他问道。

"我送我用人回家。"我说，没料到自己说谎时可以如此冷静。

他朝睡在后座的孩子窥了窥。"她住在哪里？"

"57号。"弗洛伦斯说。

---

1 南非荷兰语：白衫党。
2 村子（the bush）：在南非指荒野或丛林地带的农村黑人聚居区。

"你可以在这儿让她下车,她可以走过去,路不远。"

"还在下雨,她又带着小孩子,我没办法让她自己走。"我态度坚决。

他犹豫了一下,然后挥着手里的闪光棒让我过去了。

一辆卡车顶上站着一个身穿战衣的年轻人,端着枪,在黑暗中虎视眈眈。

空气中开始闻到一股焦味,潮湿的灰烬和燃烧的橡胶的味道。我们沿着一条宽敞的土路往下开,两边都是火柴盒式的房子。一辆装着铁丝网的巡逻车从我们边上驶过。"右转,"弗洛伦斯说,"再右转。就停这儿。"

她抱起小的,大的跌跌撞撞跟在她后面,还没睡醒。她们哗哗地踩着水走向219号,敲了敲门,进去了。霍普和比尤迪。希望与美丽。让人觉得像是活在一个寓言故事里。我燃着引擎在外面等着。

刚开过去的巡逻车停在了我边上。一道光照向我的脸。我抬手挡着眼睛。车子开走了。

弗洛伦斯又出来了,披着一件塑料雨衣,遮着怀里的小女儿,坐进了车后座。跟在她身后从雨里冲过来的不是贝奇,而是一个三四十岁的男人,瘦小精悍,衣冠楚楚,留着八字胡。他坐在了我的旁边。"这是塔巴内[八]先生,我表弟,"弗洛伦斯说,"他来给我们带路。"

"霍普呢?"我问道。

"我让我姐姐照看她。"

"那贝奇呢?"

一阵沉默。

"我不确定。"那男人说。他的声音出奇地柔和。"他昨天早上到这里,把东西放下就出去了。之后我们就没见过他。他没有回来睡觉。但我知道他朋友住哪儿。我们可以先去那里找找。"

"你呢,你怎么想,弗洛伦斯?"我问道。

"我们必须去找他,"弗洛伦斯说,"我们没别的办法。"

"如果您愿意的话,我可以来开车,"那男人说,"那说不定方便一点,您觉得呢?"

我下来坐到了后面弗洛伦斯身边。雨现在下得很大,车子在坑洼泥泞的路上颠簸而行。借着昏黄的路灯,我们左拐右拐,终于停下来。"小心,别熄火。"我对弗洛伦斯的表弟塔巴内先生说。

他下了车,敲开一扇窗户。窗户后面有个人在黑影里跟他谈了好长时间。回来的时候他身上全都湿了。他用冰冷僵硬的手指摸出一包烟,想点上一支。"请不要在车里抽。"我说。他和弗洛伦斯交换了一个愠怒的眼神。

我们在无言中坐着。"我们在等什么?"我问。

"他们会叫个人给我们带路。"

一个戴着顶大号护耳绒线帽的小男孩从屋子里快步走了出

来。他看上去很自信，上车时笑着跟我们每个人打了招呼，然后开始指路。顶多不超过十岁。新一代的儿童，这片暴力之地就是他的家。当我回想我的童年，我只记得漫长、酷热的午后时光，林荫道旁桉树下的泥土气息，路边的犁沟里安静的潺潺流水，鸽子的咕咕叫声。睡梦般的童年，一段安稳生活的序曲，衔接着一条通往涅槃的坦途。我们这些逝去年代的孩子，是不是还给我们留着涅槃的机会？我很怀疑。如果公义真的存在，我们将发现自己在地府的第一道门槛前就会被挡住。我们这些襁褓中的洁白幼虫，将被发配到那些未成年灵魂的队伍里，他们无休无止的嘤嘤声在埃涅阿斯听来仿佛是哭泣[1]。我们是白色，灵薄狱里也一片雪白：白色沙子，白色岩石，白光照射着每一个角落。就像一个躺平在海滩的来世，一个永恒的星期天，栖身于千万个自己的同类中间，无精打采，半睡半醒，枯守着海浪靡靡的潮音。*In limine primo*[2]：停在生死之间的门槛上。被大海抛上岸的生物，滞留在沙滩，没有定型，也没有定义，非温非寒，不伦不类。

我们开过了最后的房舍，在灰色的晨曦中穿过一片泥土和树木都烧得焦黑的地带。一辆小货车超过了我们，后车厢有三个男人躲在帆布下面。在下一个路障设置点，我们又赶上了他

---

[1] 埃涅阿斯（Aeneas）：古希腊神话中的特洛伊英雄。他行经灵薄狱的情节见古罗马诗人维吉尔的《埃涅阿斯纪》第六卷。

[2] 拉丁文：停在第一道门槛。这里指进入冥府的第一道门槛。

们。等待检查的时候，他们面无表情地和我们对视着。警察挥手让他们通过，也让我们通过了。

我们向北转弯，离开了山地，然后下了高速，开上一条土路，土路很快又变成了沙地。塔巴内先生停了下来。"我们不能往前开了，前面太危险了。"他说。"您的电机有点毛病。"他指着仪表盘上闪烁的红灯补充道。

"有毛病我也随它去了。"我说。我不想再解释什么。

他关了引擎。我们在车里坐了一阵，听着雨点啪啪地打在车顶。随后弗洛伦斯下车了，然后是那个男孩。小姑娘被绑在弗洛伦斯的背上，睡得很沉。

"您最好把车门锁上。"塔巴内先生对我说。

"你们要去多久？"

"我说不准，但是我们会尽快。"

我赶紧摇头。"我不想一个人留在这儿。"我说。

我没戴帽子，也没有伞。雨水打在我脸上，顺着头发渗到头皮上，又流进脖子里。出来这么一走，我心想，说不定会死于风寒。那个男孩，我们的向导，已经冲到前面去了。

"把这个披在头上。"塔巴内先生把塑料雨衣递给我。

"用不着，"我说，"小雨我不在乎。"

"话是这么说，您还是披着吧。"他坚持着。我明白了。"来吧。"他说。我跟在他后面。

我们四周是一片荒野，灰色的沙丘上刺槐丛丛，空气里一股垃圾和废土的臭味。前面一条小路,两旁散落着塑料布碎片、破铜烂铁、玻璃和动物骨头。我已经冻得直发抖,可当我想走快一点的时候我的心脏就很不舒服。我落在了后面。弗洛伦斯会停一停吗?不会:母爱的力量是不可阻挡的。

塔巴内先生在岔路口等着我。"谢谢,"我喘着气说,"你太好了。很抱歉拖了你们后腿。我髋骨不好。"

"挽着我胳膊。"他说。

一群男人排成纵队快速地超过我们,都是一身黑衣,蓄着胡子,神情严峻,手里拿着棍棒。塔巴内先生让到一旁。我紧紧抓着他的胳膊。

小路变宽,中断在一片宽阔平坦的水洼前。水面的那一边就是棚户区,最低洼处那一片已经泡在了水里。有些房子是木头和钢材搭的,还算结实,有些不过就是在树枝搭起来的框架上蒙几层塑料布。这些房子在沙丘上往北蔓延,直到我的视野尽头。

在水洼边上我犹豫不前。"来吧。"塔巴内先生说。我扶着他走了进去,蹚着及踝深的水往前走。我的一只鞋陷进了泥里。"小心碎玻璃。"他提醒我。我好歹把那只鞋子捞了回来。

除了一个瘪着嘴的老妇人站在一扇门前,看不到别的人影。但再往前走一点,我们就听到了嚣嚷的声音,一开始我还以为是风雨声,随后就听清那是大叫、哭泣和呼喊盖着一道重复不断的低鸣声,那声音我只能称之为哀鸣:深深的哀鸣,一声又一声,仿佛是这个辽阔的世界自身在哀鸣。

这时候那个小男孩,我们的向导,又出现在我们身边。他拽着塔巴内先生的衣袖,激动地和他说着什么。他们俩走到了前头;我吃力地跟在他们后面,爬上了沙丘。

我们站到了一个数百人的人群后面,这些人正俯视着下面满目疮痍的景象:烧毁的棚屋还在闷燃,正在燃烧的棚屋冒着腾腾黑烟。一堆堆的家具、床具和日用器皿就扔在瓢泼的雨中。一伙一伙的人在抢救棚屋里的东西,从这个棚屋蹿到另一个棚屋,试图把火扑灭——至少我一开始以为是这样,直到我突然震惊地发现,那些人不是救火者而是纵火者,他们不是在和火焰搏斗,而是在和大雨角力。

哀鸣声就是从聚集在沙丘上这个圆形剧场边沿的人群发出来的。[九]男人,女人,还有孩子,就像葬礼上的哀悼者一般站在倾盆大雨里,身体湿透了也没想着避 避,只是眼望着这场劫难。

一个身穿黑色大衣的男人抡着一把斧头,哗啦一声砸碎了一扇窗户。他又挥斧砸门,砸到第三下门就倒了。一个怀里抱着婴儿的女人像从笼子里放出来一样奔出屋子,后面跟着三个光着脚的孩子。他闪身让开他们。然后他开始劈门框。整个房子都在吱嘎作响。

他的一个同伙拎着一个汽油罐走了进去。那个女人从他身后冲进屋子,抱着床单被褥跑出来。当她想第二次往里冲的时候,整个人被扔了出来,摔倒在地。

人群再次发出哀鸣。棚屋里面开始冒烟。那女人站起来又往里冲,又一次被推了出来。

一块石头从人群中飞出来,啪嗒一声落在燃烧的棚屋顶上;另一块扔在了墙上,还有一块落在拿斧头的男人的脚边。他向人群发出一声威吓的咆哮。他和五六个同伙停下手里的活儿,挥舞着棍棒朝人群走了过来。大家尖叫着往后逃散,我也被裹在其中,但踩在濡湿的沙子上,我几乎抬不起脚。我的心跳得很厉害,胸口一阵阵疼痛。我停了下来,弯下腰,喘着粗气。我也被卷进了这种事情吗?我心想,我在这儿干什么?我眼前浮现出正在路边安静地等待着的绿色小车。我脑子里只有一个无比强烈的念头:躲进车里,用力把门一关,把这个狂暴汹涌的世界关在门外。

一个格外肥胖的女孩,十几岁的样子,在逃窜时直接撞上了我。"该死的!"我喘息着骂了一声,摔倒在地。"你该死的!"她同样气急败坏地骂了回来,眼神里是赤裸裸的敌意。"滚开!滚开!"她吃力地爬上沙丘,肥大的屁股不住地颤动。

再来这么一下,我心想,脸朝下摔在沙地上,我就完了。这些人经得起来回冲撞,可我,却脆弱得像只蝴蝶。

一双双脚从我身旁踏过,踩在沙子上吱嘎作响。我眼瞅着一双棕色的靴子过来了,鞋舌上下翻飞,鞋底绑着绳子。我缩起身子,但这双脚跨过了我。

我站起身。我左边方向有人打了起来;刚刚逃到村子里的人群又突然间拥了回来。一个女人在高声尖叫。我怎么才能离开这个恐怖的地方?我蹚过的那片水洼在哪里,通往我的汽车的那条小路在哪里?到处都是水洼:池塘、湖泊,水连着水;到处都是小路,但它们都通向何方?

这时候我听到了枪声,很清楚,一声,两声,三声,不是很近,但也不是太远。

"快来!"一个声音说,是塔巴内先生迈着大步走过。"来了。"我喘着粗气,心里带着感激,吃力地跟过去。但我追不上他。"请慢一点。"我叫道。他停下来等着我;跟着他我终于再次蹚过了那片水潭,走上了那条小路。

一个年轻男人走到我们身边,眼睛布满血丝。"你们去哪儿?"他问道。尖锐的问题,尖锐的声音。

"我要离开这儿,我要从这儿出去,我不适合待在这儿。"我回答他。

"我们去拿车。"塔巴内先生说。

"我们想用那辆车。"年轻人说。

"我不会让任何人用我的车。"我说。

"他是贝奇的朋友。"塔巴内先生说。

"谁都一样,我不会让他用我的车的。"

这个年轻男人——其实还算不上一个男人，只是一个穿得像男人，举止也学着男人样的男孩——做了一个奇怪的动作：两只手抬到眼前斜着一个击掌。这动作是什么意思？这样拍一下有什么含义吗？

我的背因为步子太快而痛得不行。我放慢速度，停下脚步。"我得快点回家。"我说。这是一个恳求；我能听出我的声音有些发虚。

"您已经看够了？"塔巴内先生的语气显得比之前疏远。

"是的，我看够了。我到这儿来不是来看热闹的，我是来接贝奇的。"

"所以您想回家了？"

"是的，我想回家了。我身上很痛，我没力气了。"

他转头继续往前走。我跟跄着跟在后面。这时候他再一次停下来。"您想回家，"他说，"可住在这里的这些人呢？他们如果想回家，就只能回这里。这事儿您怎么看？"

我们站在雨里，在那条路中间，相视而立。路过的人也停了下来，好奇地看着我，好像我的事情关系重大，跟他们每个人都有关。

"我没有答案，"我说，"这件事太可怕了。"

"这不单是可怕，"他说，"这是在犯罪。如果您看到犯罪行为发生在您眼面前，您会说什么？难道您就说'我看够了，我不是来看热闹的，我想回家'？"

我痛苦地摇着头。

"好,您不会这么说,"他点了点头,"很好。那么,您会说什么?您看到了什么样的罪行?罪名是什么?"

他是个老师,我心想,所以他才如此能言善辩。他现在跟我说话的方式是他在教室里练出来的。这是一种话术,可以使自己的答案像是出自学生之口。移花接木[1]:苏格拉底的遗产,在雅典显得咄咄逼人,在非洲也不遑多让。

我扫了一眼围观的人。他们怀有敌意吗?我看不出来。他们只是在等着我说出我的台词。

"我当然有很多东西可以说,塔巴内先生。"我说,"但那必须发自内心。如果一个人是被迫发言——你应该知道这种情况——那说的就不太可能是真话。"

他正想回应,我拦住了他。

"等等。给我一分钟。我不是在回避你的问题。这儿是发生了可怕的事情。但至于我怎么看待这些事,我得用我自己的方式来说。"

"那就让我们听听您要说什么!我们洗耳恭听!我们等着!"他举手示意大家安静。人群喳喳附和。

"这里发生的事情惨不忍睹,"我支吾着重申,"那些人应该受到审判。但我不能用别人的语言来指控他们。我必须找到

---

[1] 英文 ventriloquism,本意为腹语术。

自己的语言,从我自己的词库里。不然那就不是真话。这就是现在我能说的。"

"这女人说的都是屁话。"人群里一个男人说。他眼睛看着周围的人。"屁话!"他说。没人反驳他。有些人已经在悄悄地离开。

"是的,"我面朝着他说,"你没说错。你说的是事实。"

他望着我,好像我是个疯子。

"但你想听我说什么?"我继续说,"要谈论这里的事情,"——我挥手指向村庄、黑烟和散落在路上的秽物——"你需要一根神的舌头。"

"放屁!"他又说了一遍,像是在跟我叫板。

塔巴内先生转身往前走。我在他后面跟着。人群四散离开。不一会儿,那个小伙子急匆匆地赶了上来。这时候我看到了我的车。

"您这车是辆希尔曼啊,是不是?"塔巴内先生说,"现在路上可不多了。"

我有点意外。发生了这些事情之后,我以为我们已经划清了界线,但他好像并没有心存嫌隙。

"很早了,还是'英国最棒'时期的车。"我回答他,"抱歉,你可能不知道我在说什么。"

他没理会我的道歉,如果我这算是道歉的话。"英国的真的是最棒的吗?"他问道。

"不是,当然没这回事。这只是战后某段时期的广告词。你不会记得的,你年纪太轻了。"

"我1943年生的,"他说,"今年43岁。难道您觉得不像?"他向我转过身,怕我看不见他的堂堂仪表似的。自负,不过是种颇有感召力的自负。

我拧动钥匙。电池没电了。塔巴内先生和那个小伙子下去推车,在沙地上吃力地往后蹬。引擎终于点着了。"笔直走。"小伙子说。我就听指挥。

"你是老师吗?"我问塔巴内先生。

"我以前是老师。不过暂时不干这行了。等局势好一点再说。我现在在卖鞋子。"

"你呢?"我问那个小伙子。

他咕哝了一句什么,我没听清。

"他是个待业青年,"塔巴内先生说,"是不是,你?"

小伙子不好意思地笑了笑。"这儿转弯,过了这排商店就转。"他说。

荒野之中孤零零地并排矗着三家小店,都已经被烧掠一空。只有一家的招牌差可辨认,写着"BHAWOODIEN现金商店"。

"很早了,"塔巴内先生说,"还是去年的事儿。"

我们来到一条宽阔的土路上。在我的左边有几栋房子,正儿八经的房子,砖墙、石棉屋顶,还有烟囱。围着这几栋房子,在这块平原上铺展开的,都是胡搭乱建的棚屋。

"那幢房子——"小伙子指着前面说。

那是一幢长长矮矮的建筑,可能是一个礼堂或一所学校,四周围着铁丝网围栏。但是有很长一段围栏被踩倒了,建筑本身也只剩下被烟熏黑的砖墙。房子前面已经聚集了一群人。希尔曼驶近的时候他们都转过头来。

"我要熄火吗?"我问。

"您可以把火熄了,这儿没什么好怕的。"塔巴内先生说。

"我没怕。"我说。真是这样吗?在某种意义上,是的;或者,至少可以说,在经历了村子里这一幕之后,我对发生在我身上的事也没那么在意了。

"反正没必要害怕,"他平静地继续说道,"您的小伙子们在这儿保护您呢。"他抬手指了指。

顺着他的手指我看到了他们,在路的另一头:三辆卡其色的运兵车几乎和林子融合在一起,但在天光映照下,头盔的轮廓分明。

"免得您以为,"末了他说,"刚才只是一次黑人之间的内讧,一场派系斗争。看,我姐姐在那儿。"

他叫她"我姐姐",而不是"弗洛伦斯"。也许世界上只有我一个人叫她弗洛伦斯。叫她一个假名。现在我降落人间,这里的人都是以真名示人。

她没有站在雨里,而是背靠墙站着:紫红色外套,白色针织帽，一个清醒的、可敬的女人。我们穿过人群向她走过去。虽然她面无表情，但我相信她看到我了。"弗洛伦斯！"我叫了一声。她愣愣地抬起目光。"你找到他了吗？"

她下巴朝被掏空的建筑物内部抬了一下，转身走开了，没和我打招呼。塔巴内先生从门口的人堆里挤了进去。我窘迫地等在外面。边上的人都绕着我走，好像我是一个灾星。

一个穿着果绿色校服的女孩走到我跟前，扬起手，似乎要给我一巴掌。我躲开身，结果她只是做做样子。或者，我也许应该说：她忍住了没扇下来。

"我觉得您也应该去看一看。"塔巴内先生再次现身，呼吸急促地说。他走到弗洛伦斯身边，抱住了她。她把眼镜摘到一边，头靠在他肩膀上哭了起来。

礼堂里面是满地的碎石和烧焦的横梁。在最里面那堵墙下，雨淋得最少的地方，整齐地摆着五具尸体。中间那具就是弗洛伦斯的贝奇。他仍然穿着灰色裤子、白色衬衫和褐红色校服，但赤着脚。他的双眼圆睁，嘴巴也张着。雨水已经抽打了他很多个小时，打在他和他的伙伴们身上，不仅在这里，而且在他们与死亡的搏斗场上就已开始；他们的衣服，甚至他们的头发，已失去了光泽和生气。他的眼角沾着沙子，他的嘴里也是沙子。

有人拉我的胳膊。恍惚失神间，我低头看到一个目光如镜的小姑娘。"姐妹，"她说，"姐妹……"可接下去就不作声了。

"她是在问,你是修女吗?"一个和善的女人微笑着向我解释。

我不想被拉走,这个时候不想。我摇了摇头。

"她的意思是,你是不是天主教会的。"那女人说。然后,她用英语告诉那个小姑娘:"不,她不是修女。"她轻轻地把小姑娘的手指从我的袖子上掰开。

弗洛伦斯被一堆人围住了。

"他们非得躺在雨里吗?"我问塔巴内先生。

"是的,他们只能躺在这儿。这样大家都能看到。"

"可这是谁干的?"

我在发抖:从头到脚都打着寒战,手也抖个不停。我心里想着贝奇圆睁的眼睛。我想着:他在这世上最后一眼看到的是什么?我想着:这是我这一生中亲眼见到的最残酷的事。我还想着:现在我的眼睛已经被撑开,再也不可能闭上了。

"谁干的?"塔巴内先生说,"您不妨把他们身上的子弹挖出来看看。但是我可以事先告诉您会发现什么。'南非制造。陆军装备部验定。'您会看到这几个字。"

"请听我说,对于这场……这场战争,我并不是在冷眼旁观,"我说,"我怎么可能做得到呢?没人可以置身事外的。"我想哭,可在这里,在弗洛伦斯身边,我有什么资格哭?"这场战争也在我身上进行,我也活在这场战争里。"我嗫嚅着说。

塔巴内先生不耐烦地耸耸肩。他现在这副样子变得很难看了。而我，这一天下来，肯定也变得丑陋不堪。变形术：把我们的嗓子变粗，把我们的感知变钝，将我们变成畜生。在这片河岸上，哪里生长着能解救我们的仙草呢？[1]

我向你讲述今天早上发生的事情，可我也没有忘记，讲故事的人因为她的权能而获取了一个有利的位置。你是通过我的眼睛在观看；在你脑海里说话的是我的声音。仅仅是依靠我，你才来到这片焚毁的洼地，闻到空中的硝烟，看到死者的尸体，听着悲泣声在雨中战栗。你思考的是我的所思所想，感受的是我的绝望，还有我第一次萌发的对终结思想之事的欢迎：睡去，或死去。你的同情涌向我；你的心随着我的心一起跳动。

现在，我的孩子，我的骨血，我最好的那个自我，我请你退后一步。我向你讲这件事不是为了让你同情我，而是为了让你了解事情的真相。我知道，如果这件事是由别人来讲述，如果你耳畔回荡的是一个陌生人的声音，对你来说会更简单一些。但事实就是，没有别人。只有一个我。只有我在写下：我，我。所以我请求你：加意于我所写的，不要加意于我。如果字里行间编进了谎言、托词或借口，停下来听一听。不要放

---

[1] 希腊神话中，喀尔刻把奥德修斯的水手变成了猪，而奥德修斯给他们洒上一种仙草的汁水使他们变回了原形。荷马史诗《奥德赛》和奥维德的《变形记》中都讲述了这个故事。《变形记》中，还有一个格劳科斯的故事，他在岸边发现了一种药草能让鱼起死回生。

过这些东西，不要轻易地原谅我。

用冷静的眼光读我写的一切，甚至包括这个请求。

有人用石头砸穿了车子的风挡玻璃。一块斗大的石头，无言地压在落满玻璃的座位上，似乎它现在才是车子的主人。我的第一个念头是：我到哪里才能配到一块希尔曼的风挡玻璃？可转念一想：所有的东西都同时走到头，岂不是一件幸事？

我把石头从座位上拨拉下来，开始收拾风挡玻璃的碎片。有事可做也让我平静了一些。但我感到平静，也因为我不再在意我是不是还能活着。还有什么将落到我头上已经不重要了。我想：我的生命也许毫无价值。我们射杀这些人，好像他们毫无价值一样，但到头来是我们自己的生命不值得一活。

我想着那五具尸体，想着他们在那座被烧毁的大厅里肖然排列的样子。我想，他们的魂魄没有离开，也不会离开。他们的魂魄已牢牢地占领了那里。

如果当时有人在沙地里随便给我挖一个坟穴，只要他手一指，我就会一声不响地爬进去躺好，把双手交叠在胸前。当沙子落进我的嘴巴，落进我的眼角，我绝不会抬手擦一下。

不要带着对我的同情读我。不要让你的心跟着我的心跳动。

我手捏一枚硬币伸出窗外。很多孩子拥了上来。靠他们的推动，车子打着了。我把钱包里的钱都塞到了他们的手里。

道路收窄为一条小径，前面就是灌木丛了，里面停着我之前看见的军车,五辆,而不是我原以为的三辆。在一个穿着橄榄色雨披的年轻人的注视下,我下了车,湿衣服冰冷,跟没穿差不多。

我本希望我能慷慨陈词一番,可我却找不到词。我摊开双手。我失语了,我的手在说,我被剥夺了自己的语言。我过来是想跟你们对话,可我却无话可说。

"*Wag in die motor, ek sal die polisie skakel.*"[1] 他朝我喊道。一个脸上长着青春痘、神气地玩着这个残酷游戏的男孩——待在车里,我会叫警察过来。我冲他摇头,不停地摇头。他跟我看不见的一个人在说话。他脸上在笑。他们肯定从一开始就在这儿观察,已经知道怎么看待我。一个疯疯癫癫的老善人,被雨浇成了落汤鸡。他们是对的吗?我是个善人吗?不,我没有做过我能想到的善事。我疯疯癫癫吗?是的,我确实很疯癫。但他们同样也疯了。我们所有人都疯了,被魔鬼附身了。当疯狂登上王位,这片土地上还有谁能逃脱感染吗?

"不用叫警察,我能管好自己。"我喊道。但他们仍在低语,只侧眼看着我。可能他们已经在用无线电呼叫了。

"你们以为自己在干什么?"我朝那个男孩喊道。他的笑容凝固在唇上。"你们以为自己在干什么?"我继续大喊,声音都哑了。震惊之下,他朝我看了过来。震惊于一个白人妇女

---

[1] 南非荷兰语:待在车里,我会叫警察过来。

居然朝他吼叫,而且是一个老到足以做他祖母的妇女。

一个穿战衣的男人从后面一辆车那儿走了出来。他面无表情地看了看我。"*Wat is die moeilikheid?*"[1] 他问运兵车上的男孩。

"*Nee, niks moeilikheid nie. Net hierdie dame wat wil weet wat aangaan.*"[2]

"这儿太危险了,女士。"他转向我说。一个军官,很明显。"这儿什么事都可能发生。我派人护送您回路上去。"

我摇头拒绝。我并没有失控,甚至没有要哭的感觉,但我不确定我会不会在下一刻崩溃。

我想要做什么?这个老太太想要做什么?她想做的不过是向他们曝露一些东西,此时、此地能向他们曝露的任何东西。她想做的是,在他们摆脱她之前,把伤口和创痛曝露在他们面前,让他们亲眼看一看:无论何种伤口,只要是这苦难所造成的伤口,但归根结底是我的伤口,因为我们能携带的伤口只能是自己的。我甚至把一只手放在了衣服的纽扣上。可我的手指已经冻紫、冻僵了。

"你们看过礼堂里面吗?"我用喑哑的嗓子问道。此刻我的泪水开始涌上来。

那军官扔掉烟头,把它踩进湿泞的沙地里。

---

1 南非荷兰语:什么情况?
2 南非荷兰语:没事。只是这位女士想知道发生了什么事。

"我们分队二十四小时之内没有开过一枪。"他语气和缓地说,"我想给您一个建议:在您搞清楚状况之前,不要难过。死的不仅仅是躺在那里的那几个。死人的情况一直就没停过。那几具尸体只是他们昨天才捡回来的而已。战斗现在暂时停息了,但是一旦雨停了,战火又会重燃。我不知道您怎么到这儿来的——他们应该把路封了的——但这儿不是个好去处,您不该待在这儿。我们会通知警察,他们能护送您出去。"

"*Ek het reeds geskakel.*"[1] 运兵车上的男孩说。

"为什么你们不放下枪回家呢,你们这些人?"我说,"比起你们在这儿的所作所为,难道还会有更坏的事情吗?对你们的灵魂更坏,我是说。"

"不行。"他说。我以为他不会明白我在说什么,但其实他一清二楚。"我们要守到底。"

我从头到脚都打着寒战。手指蜷在手掌中已伸不直。衣服都湿透了,被风吹得贴在皮肤上。

"那些死掉的小伙子里面,有一个我认识,"我说,"从他五岁开始我就认识他。他的妈妈为我工作。你们年纪轻轻就掺和这事儿,这让我恶心。我言尽于此。"

我又把车开回了礼堂,坐在车里等着。他们正在把尸体搬出来。在聚集的人群中我感觉到有某种冲我而来的东西:怨

---

[1] 南非荷兰语:我已经通知了。

恨，憎恶。说得更重一点：仇恨。如果他们没有看见我跟那些士兵说话，情况会有所不同吗？不会。

塔巴内先生走了过来，看看我想要干什么。"很抱歉，我不认识回去的路了。"我说。

"开上柏油路，右转，然后按照标志走。"他简短地说。

"好的。但是什么标志呢？"

"通往文明社会的标志。"说完他就转身走了。

我开得很慢，半是因为风会刮到脸上，半是因为我的身体和灵魂都已经麻木。我误入一个我从没听说过的郊区住宅区，在无法区分的街道上花了二十分钟来回寻找出路。最后我发现自己开到了开拓者路。到了这里，终于开始有人盯着我破碎的风挡玻璃看了。直到我开回了家，一路上我都没少受瞩目。

屋子显得冰冷而陌生。我告诉自己：洗个热水澡，休息。但我被一种凄冷的困倦感包裹。我费了一番力气才爬上楼，脱掉湿衣服，裹了一条睡袍，躺到床上。沙子，开普低地的灰色沙砾，在我的脚趾间结成了硬块。我再也暖和不起来了，我心想。维克尔还有一条狗可以依偎，维克尔知道如何在这种气候里活下去。至于我，还有那个即将被埋进土里的冰冷男孩，没有狗可以帮我们了。沙子已经悄悄爬进了他的嘴，认领了他。

我已经十六年没有和一个男人睡在同一张床上了，无论老少。孤身一人已经十六年。你吃惊吗？

我只是在写。我不敢停笔。笔把我带到哪里,我就去哪里。我现在还有别的吗?

我疲惫不堪地醒来。又是夜里了。白天都消失在哪儿了?

厕所的灯亮着。坐在马桶上,裤子褪到膝盖,戴着帽子睡着了的,是维克尔。我惊奇地看着他。

他没有醒,相反,他脑袋垂在胸前,大张着嘴巴,睡得像个婴儿一样香甜。他瘦长的大腿光溜溜的。

厨房的门开着,垃圾桶翻了,垃圾散落一地。正在撕咬一张旧包装纸的,是那条狗。它一看到我,就愧疚地垂下耳朵,拍打着尾巴。"够了!"我喃喃地说着,"够了!"狗偷偷溜了出去。

我在桌前坐下,禁不住流下了眼泪。我哭,不是因为心中一片茫然,不是因为屋子里的狼藉,而是因为那个男孩,贝奇。无论我转向哪里,他都在我面前:他的眼睛睁得大大的,带着一种孩子气的困惑,那就是他与死神会面时的表情。我趴在胳膊上抽泣,为他所失去的,也为我所失去的,而感到悲痛。这么美好的一件东西,生命!上帝手中这么完美的一个安排!世界诞生以来最完美的安排。一份礼物,所有的礼物中最慷慨的那一份,世世代代无穷尽的自我更新。而现在,贝奇的生命被夺走了,消失了,陨灭了!

"我想回家!"我很羞愧,我曾在卖鞋子的塔巴内先生面前这样嚅嚅哀怨。老人的喉咙,却发出孩子气的声音。回到我安全的家,回到我襁褓般的床上。我是不是从来没有完完全全醒来过?我也可以这样问:死去的人知道他们死了吗?不:死去的人不被允许知道任何事情。而在我们死亡般的睡梦中,我们至少还能得到一些暗示。有些先于记忆的、不可动摇的东西在暗示我说,我曾经活过。活过,然后又被人把生命偷走了。在摇篮里就发生了一场偷换:一个孩子被抱走,一个布偶留下来代替了它,接着被人照顾,抚养,而这个布偶我就叫它"我"。

一个布偶?一个布偶的生命?难道这就是我的一生?难道可以允许一个布偶生成这样的想法?或者这想法的乍现是另一种暗示,是天使的智慧长矛刺破迷雾时的一道闪电?布偶能认出布偶吗?布偶能理解死亡吗?不:布偶生长,学会言谈和行止,涉历于世;它们老去,它们干枯,它们湮灭;它们被推入火中,或被埋入土里;但它们不会死。它们永远存在于那先于所有记忆的、石破天惊的一刻——那一刻,一个生命被偷走,而布偶作为象征物留在了生命原来的位置。它们习得的知识没有血肉,没有尘土的分量,就像布偶的脑袋本身,空洞,轻飘。因为它们自身不是娃娃,而是娃娃的理念,比真正的娃娃更圆润,更粉嫩,更面无表情,眼睛也更蓝;它们的生活承载的不是生命,而是生命的理念:如同所有的理念一样,它们不生也不灭。

冥府，地狱：理念的领地。地狱为什么必须是一个独自存在的地方，在南极的冰层之下或者某座火山口之中？地狱为什么不可以就在非洲的底端，地狱中的物种为什么不可以就行走在活人中间？

"父亲，你看不见我在燃烧吗？"孩子站在父亲身旁央告。而他的父亲睡梦正酣，一无所知。

这就是我为什么要死死地守住对我母亲的回忆，现在你会明白了。因为，如果不是她给了我生命，就没人会给。我死守不放的不仅是对她的回忆，也是她这个人，是她的身体，是我从她的身体里朝这世间的那纵身一跃。我喝着她身上的血和奶，才获得活一次的机会。然后我就被偷走了，从此不知所终。

我有一张照片你见过，但你可能不记得了。那是1918年拍的，当时我还不到两岁。我站在地上，似乎是伸手想去碰照相机；我母亲跪在我后面，用一根缠在我肩上的绳子拉着我。站在一旁的是我哥哥保罗，他得意扬扬地歪戴着帽子，没在意我。

我皱着眉头，眼睛紧盯着相机。疑问：我仅仅是在阳光下眯缝着眼，还是像婆罗洲[1]的土著一样，朦胧地觉得照相机会摄走我的魂魄？更进一步：我母亲把我拽回去，以防我把相机

---

[1] 婆罗洲：即加里曼丹岛，位于东南亚马来群岛中部，是世界第三大岛。

打翻在地,是不是因为我——以我布偶的认知——知道相机能看到肉眼所看不到的事:我其实不在那儿?而我母亲知道这一点是不是因为她自己也不在那儿?

笔把我领向已经去世的保罗。我在他临死时曾握着他的手,小声对他说:"你就要见到妈妈了,你们俩都会很开心。"他面色苍白,甚至眼睛也如远空般白蒙蒙一片。他疲惫、空茫地看了我一眼,似乎在说:你哪里会明白!难道保罗是真正地活过一场?他曾在一封信里借用一个说法,称我为"我的姊命[1]"。在这最后的时刻他是不是发现他弄错了?他那双半透明的眼睛是不是看穿我了?

那天我们是在一个园子里拍照。我们身后的花看着像蜀葵;我们的左边是一片瓜圃。我认得那个地方。那是在尤宁代尔,教堂街,我祖父在鸵鸟毛大受欢迎的年代买下的宅子。年复一年,水果、花卉和蔬菜在园子里茂盛生长,结出大量的种子,死去,再生,以它们丰饶的存在赐福于我们。但是,是谁在温柔地照料它们?是谁修剪的蜀葵?是谁把瓜籽埋在温暖、湿润的瓜田?在凌晨四点的寒气里起床,打开蓄水池,浇灌园地的,难不成是我的祖父?如果不是他,那这个园子又该算是谁的呢?那些隐身的人是谁,谁又只是亮亮相的人?在画面之外,是谁倚着他们的铁锹或钉耙,等着重回劳作?或者说,是

---

[1] 我的姊命:my sister life。此处应该是借用了"sister city"("姊妹城市,友好城市")的说法。

谁倚着这方形边框,要折弯它、冲破它?

一旦隐身的人将要出场,而在场的人必须隐退,*dies irae, dies illa*[1]。这张照片显示的不再是当天身处镜头下的园子里的人,而是不在其中的人。这么多年来,它躺在这个国度的各种藏身之处,夹在相册里,压在抽屉里,和成千上万张相似的照片一样,不动声色地孵化、变身。定影不再牢固,或者显影衍化到了一个我们未曾预料的临界点——又有谁知道这是怎么发生的呢?——它们再次变成了底片,一种新型的底片,我们开始在上面看到曾经处于取景框之外的、被屏蔽的人。

这是不是我眉头紧锁,拼命把手伸向照相机的原因?我是不是隐隐地知道,相机是敌人:相机不会撒谎,只会揭露我们的真实面目——布偶替身?我挣扎着想摆脱安全绳,是不是想趁着还来得及,要去把那个拍照的人手里的相机打掉?而又是谁拿着照相机?那个把一团模糊的影子沿着耕畦投向我母亲和她两个孩子的人,是谁?

悲从中来。我是空洞的,我是个空壳。命运给我们每个人安排了合情合理的疾病。安排给我的,在我的身体里吞吃我。假如我被打开,他们会发现我内里空空如一只布偶,里面坐着一只螃蟹[2],它舔着它的嘴唇,被涌入的光线惊呆。

---

[1] 拉丁语:震怒之日,哀恸之日。见天主教《常用歌集》。
[2] 螃蟹(crab)作为星座(巨蟹座)名为 Cancer,与癌症(cancer)是同一个词。

它就是那只我两岁时就预先看到的、从那个黑盒子里往外窥视的螃蟹吗？我是想把大家都从那只螃蟹的嘴里救下来吗？但他们把我拽了回来，他们按下了按钮，那只螃蟹跳了出来，进入了我。

没有肉了，它就啃我的骨头。啃我的盆骨，啃我的脊椎，现在开始啃我的膝盖了。那几只猫，说实话，从来没有真的爱过我。只有这个生物能忠诚到底。我的宠物，我的疼痛。

我来到楼上，打开厕所的门。维克尔还在那儿低头坐着，睡得很沉。我摇了摇他。"维克尔先生！"我喊道。他一只眼睛睁开。"来吧，去躺着睡。"

但是，免了。我先是听着他走下楼梯，一步一步像个老人。然后我听到后门一关。

一个宁静的冬日，天气很好，阳光从天空的每一个角落倾泻而下。维克尔开车载着我，沿着布雷达街来到奥兰治街。到了政府大道拐角处我让他停下。

"我想沿着这条路开下去。"我说，"只要我绕过那条铁链子，我看不出有谁能拦得住我。不过，你觉得那儿能绕过去吗？"

（你可能还记得，在这条大道的口子上有两个铸铁的桩子，中间拉了一根铁链。）

"可以，边上可以开过去。"他说。

"那接下来的事就只剩下把方向打直了。"

"你真的打算这么干？"他问道。那双鸡眼睛赫然生光。

"如果我能鼓起勇气的话。"

"可是为什么？有什么意义？"

顶着他那种眼神很难做出严肃的回应。我闭上眼睛，自顾想象着这辆汽车在那一天的样子：速度起来之后火舌向后飘散，在这条平整的大道一路狂奔，开过游客、流浪汉和一对对情侣，开过博物馆、画廊和植物公园，直到车速放慢，停在那座羞耻之府的面前，在火焰中慢慢熔化。

"我们可以回去了，"我说，"我只是想确认一下我能不能办得到。"

他进了屋，我给他泡了茶。狗坐在他脚边，竖着的耳朵就随着说话的人转动。一条好狗：有灵性的存在，星星之子，就像某些人类一样。

"你问我有什么意义，"我说，"我的回答是：这关乎我的生命。关乎我已经价值不大的生命。我想看看我还能从这生命中得到什么。"

他的手安静地抚摸着狗毛，从头摸到尾。狗眨着眼睛，然后垂下了眼皮。这是爱，我想：无论多么不成体统，我在这儿见证的就是爱。

我试着继续："有一本很有名的小说，里面有个女人被判犯有通奸罪——在那个年代通奸是犯罪——她受到的惩罚是，去任何公共场所都要在外衣上绣上字母A。她穿着带A字的衣服穿了很多年,直到大家都忘了这个字母到底代表什么了。他们已经不觉得这个字母还代表任何意思。这个符号变成了她身上的一个简单饰物,就像一个戒指或一枚胸针。甚至有可能是她开创了在衣服上绣字的时尚。当然书里没这么说。

"这种公开亮相,这种展示——这就是这个故事要说的——我们怎么才能确定它们的旨意?就比如说,现在有一个老妇人把自己点着了。为什么?因为她被逼疯了吗?因为她太绝望了吗?因为她得了癌症吗?我也想过在车上写一个字母来解释一下。可是写哪个呢?A?B?C?哪个字母用在我身上合适?再说为什么要解释呢?除了我,还有谁会看,会在意?"

我本可以继续说下去,但就在这时,大门的门闩咔嗒响了一声,狗叫了起来。两个女人——其中一个我认得是弗洛伦斯的姐姐——提着行李箱走进了院子。

"下午好,"她姐姐说,她举起一把钥匙,"我们来收拾我妹妹的东西。弗洛伦斯。"

"啊,好。"我说。

她们径自去了弗洛伦斯的房间。过了一会儿我跟了过去。"弗洛伦斯还好吗?"我问道。

她姐姐正忙着清理抽屉,这时候站直了身子,呼吸粗重。她显然在玩味我这个愚蠢的问题。

"不,我没法说她还好,"她说,"谈不上好。她怎么会好?"

另外那个女人装作没听见的样子,在继续叠小孩子的衣服。房间里的东西远远超出两个行李箱能装得下的。

"我不是这个意思,"我说,"但是没关系。我可以请你帮我带点东西给弗洛伦斯吗?"

"可以,如果不是太大的话。"

我写了张支票。

"告诉弗洛伦斯我很抱歉。告诉她我的歉意无法用语言表达。我时时刻刻都想着贝奇。"

"您很抱歉。"

"是的。"

又一个天清气朗的日子。维克尔有种莫名的兴奋。"是不是就今天?"他问道。"是的。"我回答他。但又补充了一句,把他这种不得体的热情堵了回去:"可是这关你什么事?"

是的,我说了:就是今天。然而今天已经过去了,我还没有兑现我的承诺。只要看到这文字的迹印还在延续,你就可以确切地知道,我还没有走完这段路:一条定律,另外一条定律。死亡确实可以成为书写的终极大敌,但书写也是死亡的敌人。因此,我是用书写把死神拒于一臂之外,这样我才能告诉你,我准备走完这条路,我已经迈出了第一步,但我并没有走下去。我还可以告诉你更多。我可以告诉你,我洗了澡。可以告诉你我换了衣服。还可以告诉你,当我准备把这具身躯献祭出去时,我发现它重新拥有了几分骄傲的光泽。躺在床上等着断气,和走出去给自己建一个终点,这是多么截然不同!

我准备走完这段路:真是这样吗?是。不是。是的吧[1]。这个词它是存在的,但它从来没有被哪部词典接纳过。是的吧:每个女人都知道它是什么意思,而每个男人都为这个词抓狂。"你准备行动了吗?"维克尔问我,那双男人的眼睛在放光。"是的吧。"我应该这么回答他的。

我换了一身蓝白色行头:淡蓝色的西装,白色衬衫,领口一个蝴蝶结。我仔细地整理了一下脸和头发。坐在镜子前面,我一直在微微地颤抖。我没有一点痛苦。那只螃蟹停止了啃啮。

脸上散发着好奇之光,维克尔跟着我进了厨房,我吃早餐的时候他就在一旁探头探脑。最后我被弄得烦躁不安,火气上来冲他嚷道:"请你别来烦我好吗!"听了这话,他转过身去,一副受伤的孩子相,我只好又拉拉他的衣袖。"我不是那个意思,"我说,"但是请你坐下来:你这样让我很紧张,我现在需要冷静。我脑子里面在打架!前一分钟我还在想:赶紧给我这没有价值的生命来个了结吧;下一分钟我就会想:可是为什么要我来担责?为什么我要把自己和同时代的人区别开?如果我

---

1 是的吧:原文 yes-no。

生活在一个可耻的时代，这是我的错吗？为什么我这个老弱病残还要独自从耻辱的深渊中挣脱出来？

"我想对那些制造了这个时代的人发泄我的愤怒。我要控诉他们，他们以一种让人恶心的方式毁了我的生命，就像老鼠或蟑螂到食物上爬一爬、嗅一嗅，留两块溲印，就把食物糟蹋了，都用不着吃它。我知道，抬抬手指责别人是幼稚的。但我为什么就得承认，即使换一批人在这片土地上掌权，我的生命也一样没有价值？毕竟，权力就是权力。权力侵犯人，这是它的本性。权力就是会侵犯人的生命。

"你想知道我心里到底在想什么，我现在就是想讲清楚。我想拿自己做个交易，把自己赎回来，但是对于该怎么做，我心里还很不确定。你可以认为，这是我的谵妄症。你不用觉得奇怪。你了解这个国家。这里的疯乱无处不在。"

听我说这番话的时候，维克尔脸上始终带着点紧张、诡秘的神色。现在，他奇奇怪怪地来了一句："你想开车出去兜兜风吗？"

"我们没法出去兜风，维克尔先生。有一千个我们去不了的理由。"

"我们可以去看看风景，十二点钟回来。"

"我们没法开着一辆风挡玻璃上有洞的车去看风景。这太可笑了。"

"我可以把风挡玻璃拆下来。只是块玻璃，没有也没事。"

为什么我还是让步了？最终打动我的，也许是他对我的那种全新的关注。他就像一个男孩正处于兴奋状态，性兴奋状态，而我就是他的目标。他是在讨好我；不管怎么说，在某个不足道的层面上，我还是有点开心的。我也许隐隐地感觉到了这种兴奋中有让人不舒服的东西，那有点像是一条狗兴奋地刨着地下埋得不够深的腐肉。但我也没有理由摆谱。说到底，我想要的是什么呢？我想要一个缓冲。缓冲期间不用思考，没有痛苦，没有怀疑，也没有恐惧，直到正午来临。到了正午，信号山[1]上的炮声响了，我就得在旁边座位上摆一瓶汽油，要么绕过那条铁链一路冲下去，要么打道回府。但在那之前，让我放空脑子；让我去听听鸟鸣，去吹吹煦风，去看看天空。让我再活一活。

所以我妥协了。维克尔用毛巾缠住手掌，打碎了更多的玻璃，直到那个洞大得可以爬进去一个小孩。我给了他钥匙。一推之下，我们出发了。

就像情侣们重游他们第一次表达爱意的旧地，我们开到了梅森堡上方的山路上。（嗬，情侣！我跟维克尔表达过什么？我说他应该戒酒。他向我表达过什么？什么也没有：可能连真名都没吐露。）我们停在了以前停留的地方。现在是时候了，最后再饱览一次这片景色吧，我对自己说。我握紧双拳，指甲

---

[1] 信号山（Signal Hill）：开普敦桌山一侧的一座小山，每天（周日除外）正午有鸣炮仪式。

嵌进手掌,凝视着福斯湾,这虚假的希望之湾[1],然后往南,眺望着清冷冬季里那杳无人迹的海面。

"如果我们有条船,你就可以带我出海了。"我喃喃地说。

往南:维克尔和我可以独自驾舟抵达信天翁翱翔的纬度。在那儿,他可以把我绑在一个木桶上,或者一块木板上——用什么都无所谓——让我在海浪里漂荡,漂荡在那些巨大的白色翅翼之下。[2]

维克尔把车倒回路上。我不知道是我的问题,还是引擎在他手里真的比在我手里转动得欢快些。

"如果我表达得混乱,我很抱歉。"我说,"我不想失去方向,为此我时刻警惕。我在努力保持一种紧迫感。这种紧迫感常常会从我身上消退。坐在这里,置身于这些美景之中,或者哪怕坐在家里,置身于我自己那堆零碎之中,我似乎都很难相信有一片杀伐和堕落的地带包围着我。那就像一场噩梦。可总有什么东西在我心里逼迫我,挤压我。我想不理它,但它一直在那儿。我退后一步,它反而逼得更紧。我泄气了,投降了,生活却又一下子正常了。我放弃抵抗,就做回了正常人。我很容易沉溺在这种状态里。我会丧失羞耻感,变得像小孩子一样

---

[1] 福斯湾(False Bay),false 一词有"虚假、错误"之意。
[2] 英国水手有一个迷信,认为在海上看见信天翁象征着好运。柯勒律治在其《古舟子咏》中对人杀死信天翁的行为进行了罪化,从此信天翁这个意象就在英语世界里有了"道德或精神负担"的意思。此处漂荡在信天翁翅翼之下这个举动,对柯伦太太来说似乎意味着一种罪感的解脱。

没羞没臊。可那种恬不知耻的生活更让人羞耻：这种羞耻我无论如何也忘不掉，我无论如何也承受不起。这就是为什么我必须振作自己，给自己找准一个方向。不然我就完了。你明白吗？"

维克尔趴在方向盘上，像个眼神不好的人似的。还一双鹰的眼睛呢。他明不明白和我有关系吗？

"这就像是戒酒，"我继续解释，"戒了又戒，一直在戒，但你骨子里从一开始就知道你会回到老路上去。这份心知肚明就制造出一种羞耻感，它是如此温暖，如此体贴，如此懂得自我安慰，又会激起一波更大的羞耻感。一个人类可以感受到的羞耻似乎是无止境的。

"可是自杀是如此地困难！人是那么地想要活着！我总是觉得，在最后关头，我脑子里一定会有某种别的东西挤掉自杀的意愿，某种新的东西，不容分说的东西，把我从悬崖边拉回来。到那时候你必须成为别的什么人，不再是原来的自己。但那会是谁呢？谁在那儿等着我步入他的影子？我在哪里才能找到他？"

我的手表显示已十点二十。"我们得回去了。"我说。

维克尔放慢了车速。"如果你想要我这么做，我就开回去。"他说，"要不，如果你愿意的话，我们也可以继续往下开。我们可以绕着半岛开一圈。今天是个好天气。"

我本该回答：不了，现在就开回去吧。但是我犹豫了，而在这犹豫之中，这句话就烂在了我肚子里。

"停在这儿。"我说。

维克尔开出路面，停了下来。

"我想拜托你件事。"我说，"请你不要拿我开玩笑。"

"就这事儿？"

"是的。不管是现在还是以后。"

他耸耸肩。

在路的另一边，一个衣衫褴褛的人坐在一堆摞成金字塔形的木柴旁边等着买主。他朝我们瞄了几眼，又移开了目光。

时间飞逝。

"我以前跟你说过我母亲的一个故事，"我拾起话头，语气尽量温和，"就是她小时候躺在黑暗中不知道头上是什么东西在移动，不知道是篷车的车轮还是星星的那个故事。

"我这辈子都心心念念着这个故事。如果我们每个人都有一个故事，用这个故事告诉自己我们是谁，我们从哪里来，那么这就是我的故事。这是我选择的故事，或者说，这个故事选择了我。我就是从那儿来的，我就是从那儿开始的。

"你问我想不想继续往下开。如果真有可能的话，我会建议你往东向开普省开，开到奥特尼夸山，开到阿尔弗雷德王子山口顶上的那个停车点去。我甚至会说，把地图扔开好了，在太阳的指引下往东北方向开，到了那儿我就会认出它来的——那个停车点是我的起点，它就像一个肚脐，我就是从那儿跨入世界的。把我放在那儿,放在那个山口的顶上,你就可以开走,留我一个人在那儿等待夜晚、星辰和自己会滚的大篷车。

"但事实是,不管有没有地图,我现在都找不到那个地方了。为什么?因为那种渴望已经从我身上消失了。一年前,甚至一个月前,事情可能还没变成这样。那种渴望还是我所能拥有的最深的渴望,它会从我身上迸发,引领我冲向那个独一无二的地点。这就是我的母亲,我会一边说一边跪下,这就是我诞生之处。神圣之地不是作为坟墓,而是作为复活的地点成其为神圣的:破土而出,复活永生。

"现在,那种渴望——我们也可以称之为爱——已经离我而去。我不再爱这片土地了。就这么简单。我就像一个被阉割的男人。成年之后再被阉割。我试着去想象,对于一个遭受了这种磨难的男人而言,活着意味着什么。我想象他看到他从前爱过的那些事物,在脑海里知道他仍然应该去爱,却再也振作不起那份爱意。原来是怎么爱的?他也许会一边问自己,一边在记忆中搜寻昔日的感受。但现在面对大千世界,他只觉得坦然、平静、镇定。有些我曾拥有的东西被篡夺了,他心里会想,并且调动他全部的敏锐,用心去感受那种篡夺。但已经不会有敏锐了。万物磨灭,磨灭的正是这种敏锐。他现在能感受到的只是一种后劲,轻微但又悠长,越来越恍惚、越来越冷淡。'冷淡',他会嘴巴里念着这个尖锐的词,然后伸手去试探那尖锐。但他探到的也只会是一团模糊,一份迟钝。一切都在消退，他会想；一个星期、一个月之后我就会淡忘所有的事情，就会成为一个吃忘忧果的人[1]，隔绝于世，如断梗飘蓬。最后一次，他会试着去感受这隔绝的痛苦，但朝他袭来的只会是转瞬即逝的悲伤。

"我不知道我表达的是不是足够清楚，维克尔先生。我在谈人生意志，在谈维持我人生意志的努力和失败。我承认，我有一种溺水的感觉。我虽然坐在这儿，就在你边上，但我已经快要淹死了。"

维克尔黯然倚着车门。那条狗在呜呜低吠。它站起来把爪子搭在前座的靠背上，盯着前方，急切地盼着车子再次启动。就这样过了一分钟。

然后他从上衣口袋掏出一盒火柴递到我面前。"现在动手吧。"他说。

"动什么手？"

"你想好的。"

"你想要我这么做？"

"现在就动手。我从车里出去。动手吧，就这儿，就现在。"

他的嘴角有一团白沫上蹿下跳。让他疯吧，我想。这下，说他残忍、疯狂、就像条疯狗，也没什么不合适的了。

---

[1] 吃忘忧果的人（lotus-eaters）：《奥德赛》第九卷，奥德修斯的船队流落到一个以忘忧果为食的岛屿，水手们吃了忘忧果之后乐不思归。又译"食莲人"。

他向我晃了晃那盒火柴。"你担心他吗?"他朝柴堆旁的那个男人示意了一下,"他不会干涉的。"

"不是在这儿。"我说。

"我们可以去查普曼峰。你可以开车冲下悬崖,如果你想要的是这种。"

这个场景就像被一个试图引诱你的男人堵在一辆车里,你不屈服他就恼火了。这就像是被送回了少女时代最糟糕的时光。

"我们可以回家吗?"我说。

"我以为你想动手呢。"

"你不懂。"

"我以为你想让我推你上路呢。我这不是在推你嘛。"

在豪特湾的酒店外面,他又把车停下来。"你有钱吗?给我一点。"

我给了他一张十兰特。

他进了酒水经销店,拿着一个包了牛皮纸的瓶子出来。"喝一口。"他说着拧开瓶盖。

"不喝,谢谢。我不喜欢白兰地。"

"这不是白兰地,这是药。"

我喝了一小口,想咽下去的时候呛住了,咳了出来;我的假牙也松了。

"含着别吞。"他说。

我又喝了一口,含在嘴里。我的牙龈和上颚一阵灼烧,然后失去了知觉。我咽下去,闭上眼睛。我体内有什么东西升了起来:一块帷幔,一团云雾。我心想,就是这样吗?这就好了吗?这就是维克尔给我找的法子吗?

他掉转车头,开回山上,停在海湾上方的野餐区。他自己喝了两口,把瓶子递给我。我细细地抿着。遮挡一切的那块灰色幕布明显变淡了。我心里还在惊疑不定:就没别的花样了?不是会死去活来的吗?

"我现在可以告诉你,"我说,"真正击穿我的不是我自己的命运,不是我的病,而是一件完全不同的事情。"

那条狗在轻声抱怨。维克尔漫不经心地伸给它一只手,让它舔他的指头。

"弗洛伦斯的儿子星期二被枪打死了。"

他晃了晃脑袋。

"我看见尸体了。"我继续说着,又抿了一口酒,心里想:我现在要开始絮絮叨叨说酒话了吗?上帝保佑!要是我在说酒话,维克尔会不会也开始说酒话?他和我两个人,借着这股劲,在一辆小破车里一起说酒话?

"惊心动魄。"我说,"我不会说悲痛,因为我没权利用这个词,这个词属于他自己的族人。但我还是——怎么说呢——被扯进去了。因为他的死,因为他死亡的重量。他好像死了之后身体就变得非常沉重,就像铅,或者从水库底部挖上来的那种厚重、密实的泥巴。似乎是他在死去的那一刻叹了一口气，所有轻盈的东西就从他身上消失了。他现在就带着他全部的重量躺在我的头顶上，不是压着我，只是躺在那儿。

"他那个朋友在街上血流不止的时候，也是这样。他身上也有这种重量，血的重量。我还拼命让血不要流到排水沟里去。那么多的血！如果我把那些血收集起来，我可能都拎不动那个桶。那会像是拎一桶铅。

"我以前从来没见过黑人的死，维克尔先生。我知道他们随时都在死去，但那总是在别的什么地方。我只见过白人的死，他们死在床上，他们越来越干，越来越轻，干如纸皮，轻如鸿毛。他们烧得很干净，我相信，事后只留下很少的灰烬要收拾。你想知道我为什么打算自焚吗？因为我觉得我会烧得很干净。

"而贝奇和其他那些死掉的人是烧不起来的。那会像是烧用生铁或者铅铸的塑像。他们的轮廓线条可能会烧模糊，但是火焰熄灭后，他们还会在那儿，和以前一样沉甸甸。如果让他们躺在那儿足够长时间，他们可能会下沉，一毫米一毫米地下沉，直到土把他们盖住。但之后他们就不会再下沉了。他们会停留在那儿，就在地表之下漂浮着。你用鞋底在地上搓几下，就能让他们露出来：脸朝上，翻白的眼睛还睁着，满是沙子。"

"喝吧。"维克尔说着递过酒瓶。他的脸起了变化，嘴唇肿胀饱满、湿润，眼睛也变得朦胧。像他带回家的那个女人。我接过酒瓶，在袖子上擦了擦。

"你要明白，牵扯我的不只是一桩私事，"我继续说道，"实际上这根本不是哪个个人的事情。我当然很喜欢贝奇，在他还是个孩子的时候。但是我并不喜欢他后来的那番变化。我希望看到他是另一副样子。他和他的伙伴们都说，他们已经过了儿童时代了。好吧，他们可能已经不再是小孩了，但他们又变成了什么呢？板着脸的小清教徒，对笑声不屑一顾，对游戏不屑一顾。

"那么我为什么要为他悲痛？因为，我看到了他的脸。他死的时候又变回了孩子。当他在最后一刻突然意识到扔石头和开枪压根儿不是闹着玩的时候，当那个手里抓着沙子要塞到他嘴里的巨人一步一步向他走来，他用歌声和口号赶不走他的时候，当那条漫长的通道尽头一片黑暗，他被呛住、噎住、无法呼吸的时候，那张面具肯定就在他十足孩子气的惊慌中掉了下来。

"现在，这孩子已经下葬，而我们就走在他身上。老实说，当我走在这片土地上，南非的这片国土上，我越来越觉得，我是走在无数黑人的脸上。他们死了，但他们的灵魂没有离开他们。他们就躺在那儿，沉重，执拗，等着我的脚步踏过去，等着我走远，等着再次站起来。千百万具生铁般的躯体漂浮在地表之下。黑铁时代等待着回归。

"你可能觉得我只是难过,但是总会释怀的。你可能觉得,这不过是廉价的眼泪,感伤的眼泪,今天流,明天干。好吧,说得没错,我以前是有难过的时候,我曾以为情况不会更糟了,结果更糟的事就如约而至,而我也确实释怀了,或者看上去释怀了。但这就是麻烦所在!为了不在羞耻中瘫痪,为了活下去,我就只能不断地对更糟糕的事情释怀!我无法再释怀的就是这个不断释怀。这一次,如果我再释怀,我就再也不会有决不释怀的机会了。为了我自己的重生,这一次容不得我释怀。"

维克尔把瓶子递了过来。已经少了整整四英寸[1]。我把他的手推开。"我不想再喝了。"我说。

"接着喝,"他说,"喝醉了你会改变想法的。"

"不!"我吼了一声。他的粗莽,他的冷漠,让我心头腾起一股带着酒劲的怒火。我在这里干什么?在这辆快报废的汽车里,我们俩看上去一定像极了从大萧条时期穿越来的乡村难民。我们所缺的只是绑在车顶的一张椰棕床垫和一个鸡笼。我从他手里夺过酒瓶;但就在我摇下车窗准备把它扔出去时,他又把它硬抢了回去。

"从我车里滚出去!"我再也控制不住了。

他从点火锁上拔出钥匙,下了车。狗蹦跳着跟在他后面。

---

[1] 英寸:英美制长度单位,1英寸约等于 2.54 厘米。

就在我的眼睛底下，他把钥匙往灌木丛一扔，转过身，手里握着酒瓶，怒冲冲地朝下面豪特湾的方向走了。

我气得浑身冒烟，坐在那儿等着，但他没有回头。

好几分钟过去了。一辆车子开出路沿，停在我旁边。车里音乐轰响，铿锵震耳。一对男女就在这喧腾的响声里坐着，俯瞰着海面。南非不免有它的消遣。我走下车，轻轻拍了拍他们的车窗。那个男人转过头来茫然地看着我，嘴里嚼个不停。"你可以把音乐开小一点吗？"我说。他伸手调了一下，或者是装作调了一下，但音量并没有变化。我又拍了拍车窗。他隔着玻璃对我做了个口型，然后扬起一阵灰尘把车倒了一段路，停在了这片区域的另一边。

我在维克尔扔下钥匙的灌木丛里找了一通，无功而返。

那辆车最终开走的时候，那女人扭头怒视着我。她的脸并不难看，然而有一种丑态：乖戾，拧巴，好像害怕光线、空气以及人世间的一切都会跟她过不去似的。不是一张脸，而是一个表情，这个表情挂在脸上久了，就变成了她的，变成了她。世界和内心之间的隔膜在脸上变厚，变成了一张厚厚的皮。进化，不过是倒退着进化。远古深渊里的鱼（我相信你知道这种东西）皮肤上长出对光线敏感的斑块，这些斑块慢慢变成了眼睛。现在，在南非，当那些土地开拓者和殖民者准备重返海洋深处，我也看见他们的眼睛再次云雾蒙蒙，上面那层鳞垢越来越厚。

你邀请我去你那边的时候，我应该听你的吗？在我备感虚弱的时刻，我常常恨不得委身于你的怜悯。不过，对我俩来说都算幸运的是，我坚持住了！你不需要一份来自旧世界的负担套在你脖子上；至于我，我投奔了你，真的就能逃离南非吗？我怎么知道那些鳞垢没有蒙住我自己的眼睛？车里的那个女人，也许，他们开走的时候，她正在对同伴说："瞧这个尖刻的老女人！瞧这张乖僻的脸！"

而且，在这艘被蛀得千疮百孔的船眼看着正在下沉的年代里，与网球运动员、金融骗子和怀揣钻石的将军们一道开溜，躲到地球上某个安静的角落里去，又有什么荣耀可言呢？G 将军，M 部长，住在巴拉圭的深宅大院里，一边用炭火在南方的天空下烤着牛排，一边和朋党喝着啤酒、高唱故国的歌曲，盼着在耄耋之年寿终正寝，死的时候儿孙们和帽子拿在手里的农场工人围站床头；巴拉圭的阿非利坎人加入了巴塔哥尼亚阿非利坎人那阴郁的移民世界——脸膛发紫、大腹便便、妻肥子胖的男人，起居室的墙上挂着收藏的枪支，罗萨里奥[1]的银行里寄存着保险箱，星期天下午和巴比与艾希曼[2]的儿女互相拜访：恶棍，暴徒，施虐者，杀人犯——我怎么好意思走同一

---

1 罗萨里奥：阿根廷东部港口城市。
2 巴比（Klaus Barbie,1913—1991）：纳粹战犯，外号"里昂屠夫"，战后逃至南美躲避审判长达 30 多年。艾希曼（Adolf Eichmann,1906—1962）：纳粹战犯，被称为"死刑执行者"，战后流亡阿根廷，1960 年遭以色列抓捕。

条道?

再说,我也太疲惫了。闳大不经的疲惫,如同身披一副抵御时代的铠甲,只想闭上眼睛,只想睡去。说到底,死亡是什么,不就是一路走到疲惫的极点吗?

我还记得你上一次打电话给我。"你感觉怎么样?"你问我。"有些疲惫,但其他还好,"我回答,"我会慢慢来。弗洛伦斯一如既往地顶大梁,我在花园里还多了个帮手。""我太开心了,"你用你那活泼的美国口音说,"你得多休息,注意恢复体力。"

电话中的母女。那边是中午,这边是傍晚。那边是夏天,这边是冬季。然而声线清晰得好像你就在隔壁屋子。我们的话语被分解,投向空中,又再次被整合在一起,完整无缺。连接你我的不再是旧的海底电缆,而是一种高效的、不可捉摸的空中联通线:你的模态和我的模态相遇;我们之间传递的不是话语,不是声息,而是话语的模态,声息的模态,被编码,传输,解码。要挂电话的时候你说,"晚安,妈妈";而我说,"再见,亲爱的,谢谢你打来电话"。我由着自己的声音停留在"亲爱的"这个词上(多么任情恣性),让它满载着我的爱,并祈祷这爱的神魄能穿越冰冷的太空路线,毫发无损地到达你身边。

电话里有爱,但没有真相。在这封寄自别处的信里(好长的一封信啊),爱和真相才最终合一。在我笔下的每一个

"你"上面,爱都像圣埃尔摩之火[1]一样闪烁摇曳;我笔下的你,不是今天在美国的你,也不是你离开时的那个你,而是某个更深刻、更不会变化的你:我爱着的你,永生的你。我是向着你的灵魂在述说,正如这封信结束时留给你的也是我的灵魂。那就像一只想从茧里离开的、扇动翅膀的蛾子:我希望你读信时能看到,我的灵魂正准备腾空而起。一只白色的蛾子,一个临终之人嘴里飞出的神魄。我与病痛的搏斗,这些日子里的沉抑和自我厌憎,我的犹疑矛盾,还有我的游荡(豪特湾的章节已经没太多可说的了——维克尔醉醺醺、气鼓鼓地回来,找着了钥匙,然后开车带我回了家,事情就结束了;要我猜,八成是他的狗带他回来的)——这些都是我的变形记的一部分,都是我从这个将要枯萎的信封里挣脱出来时的振翅。

那么,在那之后呢,在枯萎之后呢?请放心,我不会纠缠着你。不必关上窗户,封堵烟囱,不必害怕白色的蛾子会在夜里飞进来停在你或哪个孩子的眉毛上。这蛾子只会在你放下最后一张信纸时轻轻拂过你的脸颊,然后就飞往它的下一段旅程。留在你身边的不是我的灵魂,而是我灵魂的灵魂,我灵魂的气息,是这些文字上方空气的颤动,我钢笔的幽影在你手里捏着的这张纸上滑过时于空中掀起的微弱紊流。

放下自己,放下你,放下一座处处是回忆的房子:一项艰

---

[1] 圣埃尔摩之火(St. Elmo's fire):雷雨中尖状物(如桅杆)顶端产生火焰般的蓝白色闪光的自然现象。圣埃尔摩:3 世纪意大利圣人,海员守护人。

难的任务,但我正在学习。对音乐也一样。不过,音乐我应该还是能带走的,因为那已经刻入我的灵魂。《马太受难曲》的咏叙调缠绕过我的灵魂一千次,已经深嵌其中,没有任何东西、任何人能解开它了。

如果维克尔没有把这些文字寄出,你就不会读到它们。你甚至不会知道它们存在过。它们将永远无法道成肉身:我的道,我的真——在这个年代、这块土地上我是怎样活着的。

那么,在我和维克尔的赌局里,我在他身上押的是什么注?

我押的是信任。一个微不足道的请求:把包裹带去邮局,放上柜台。几乎是没有请求他做什么。他去还是不去,这两者的区别轻微得像一片羽毛。如果我离开之后,还能留下哪怕一丝丝信任、责任和虔诚的气息,他就会去寄出包裹。

如果他没有去呢?

如果他没有,信任就不存在,我们——我们每个人——就只配坠入深渊,烟消云散。

因为我无法对维克尔产生信任,所以我必须信任他。

在一个对灵魂并不友好的年代,我想让灵魂活着。

救助孤儿和饥贫之人是容易的。救助内心痛苦之人(我想到了弗洛伦斯)就难得多。但最难的,是我对维克尔的救助。我所给予他的,不会成为我得到宽恕的理由。他身上不存在仁慈,不存在宽恕。(仁慈?维克尔说。宽恕?)没有他的宽恕，我的给予也谈不上仁慈，付出谈不上爱。就像雨落在贫瘠的土地上。

如果我更年轻一点，我可能会给他我的身体。这也是人之所为，无往不在，不管多么荒谬。现在，作为替代，我把我的生命交到他手里。这些文字，这些潦草的纸上划痕，就是我的生命。当你读着这些文字——如果你能读到这些文字——它们就进入了你，再次获得了呼吸。你可以认为，这是我继续活着的方式。从前，你曾活在我的身上，就像我曾活在我母亲的身上；正如她仍在我身上活着，当我逐渐走近她的时候，愿我也在你身上活着。

我把我生命的存续托付给了维克尔。我信任维克尔因为我不信任维克尔。我爱他因为我不爱他。因为他是一根软弱的芦苇所以我依靠着他。

我可能看着像是明白自己在说什么，但是，相信我，我不明白。从一开始，当我发现他在车库后面那个纸盒屋里卧以待旦，我就没弄明白任何事情。我一直是在一条越来越黑的道路上摸索着前进。我在摸索着通往你的路；每一个词语都是我的触手之处。

几天前我得了一场感冒，现在转移到了胸腔里，变成了能持续几分钟的沉闷干咳，让我喘不过气，精疲力竭。

如果负担仅仅是疼痛的负担，我可以通过保持距离的方式去忍受。这不是我在疼痛,我对自己说:这是另外一个家伙在痛,另一具睡在我床上的身体在痛。用这么个伎俩,我就跟痛有了距离,就把痛转移了。而如果这个伎俩不起作用,疼痛就是要对我死心塌地,那我好歹也就是死扛着。(有时候疼痛的浪涛层层上涨,我毫不怀疑我的伎俩会像泽兰省[1]的堤坝一样被冲走。)

但现在,在这种连咳带喘的痉挛里,我跟自己保持不了任何距离。不再有意识,不再有身体,只有一个我,一个为了氧气扑腾、挣扎、快要淹死的生物。惊恐,还有惊恐带来的羞愤!通往死亡的路上必须穿越的另一处峡谷。为什么还要来这么一着?咳到天昏地暗的时候,我心里想:这是我应得的吗?——天真的羞愤。即使一条断了脊椎的狗躺在路边只有进气没有出气了,它也不会想:可这是我应得的吗?

马可·奥勒留[2]说过,活着需要的是摔跤手的艺术,而不是舞蹈者的艺术。站稳脚跟就是一切;漂亮的步伐是多余的。

昨天,食品柜空了,我不得不去商场采购。拎着袋子蹒跚地走在回家的路上,我突然剧烈咳嗽起来。三个路过的男生停下来,看着这个倚着路灯柱、大包小包散落一地的老妇人。我一边咳,一边挥手赶他们走。我无法想象我当时的样子。一个

---

1 泽兰(Zeeland)省:荷兰的一个沿海省。
2 马可·奥勒留(Marcus Aurelius, 121—180),罗马帝国五贤帝时代最后一个皇帝,有"哲学家皇帝"的美誉,著有《沉思录》。

开着车的女人放慢了车速。"你还好吗?"她大声问道。"我刚去大采购来着。"我答了一句,胸部剧烈起伏。"什么?"她眉头皱起来,竭力想听清楚一点。"没事!"我喘着气说。她开走了。

如果我们没法正面看待自己,我们会变得多么丑陋!即使那些选美皇后也一副暴躁的样子。丑陋:不就是灵魂在肉体上的反映?

然后,晚上,最坏的事来了。服药之后我躺在床上,正迷迷糊糊的,耳朵里传来了狗吠声。是那条狗不停地在叫,一声接一声,凶戾,机械。为什么维克尔不管管?

我不敢冒险走楼梯,便穿着浴袍和拖鞋走到了阳台上。天气很冷,下着小雨。"维克尔先生!"我声音嘶哑地叫道,"狗怎么一直在叫?维克尔先生!"

狗吠声停了停,然后又响了起来。维克尔没有出现。

我回到床上,但无法入睡,狗吠声仍像锤子一样敲击我的耳鼓。

老太婆都是这么摔断尾椎骨的,我提醒自己:陷阱就是这么设置的,她们就是这么掉进去的。

用双手抓着栏杆,我蹑手蹑脚地下了楼。

厨房里有个人,不是维克尔。可这个人也没打算躲开我。上帝啊,我心想,是贝奇!我背脊一阵发凉。

冰箱门开着,他在惨白的光线里把脸转向我,他额头上有枪伤，缠着白色绷带。

"你找什么？"我怯声说，"你找吃的吗？"

他说话了："贝奇在哪儿？"

这嗓音比贝奇的低沉。那又会是谁呢？我犯迷糊了，想不起还会有谁。

他关上冰箱门。这下我们都身处黑暗之中了。"维克尔先生！"我扯着嗓子喊了一声。狗不停地在叫。"邻居们会过来的。"我低声说。

他从我身旁越过时，肩膀蹭到了我的肩膀。我往后缩的时候闻到他身上的味道，知道他是谁了。

他走到了门口。狗开始狂吠。

"弗洛伦斯已经不住这儿了。"我说。我打开了灯。

他穿的不是自己的衣服。也说不定是在赶时髦。夹克看着像是一个成年男人的，裤子也太长。一只衣袖空荡荡的。

"你胳膊怎么了？"我问道。

"我这条胳膊不能活动。"他说。

"别站在门口。"我说。

我把门打开一条缝。狗兴奋地跳了起来。我拍拍它的鼻子。"不要叫！"我命令它。它低声呜咽着。"你的主人呢？"它竖起了耳朵。我关上门。

"你到这儿来做什么？"我问那男孩。

"贝奇在哪儿？"

"贝奇死了。上星期你在医院的时候他被打死了。他中了弹。当场就死了。就在自行车事故的第二天。"

他舔了舔嘴唇,脸上又惊恐,又疑惑。

"你想吃点东西吗?"

他摇头。"钱。我没有钱,"他说,"坐公交车的钱。"

"我会给你钱。但是你打算去哪儿呢?"

"我得回家。"

"我劝你别回去。我这么说是有理由的,我看到棚户区发生的事情了。情况恢复正常之前不要回去。"

"情况再也不会恢复正常了。"

"拜托!我知道你要说什么,我没时间也没兴趣再听你说一遍。待在这儿,等外面平静一点再走。等你好一点再走。你为什么离开医院?他们让你出院了?"

"对,他们让我出院了。"

"你穿的是谁的衣服?"

"我自己的衣服。"

"这不是你的衣服。你从哪儿搞来的这身衣服?"

"这是我的衣服。一个朋友拿来给我的。"

他在说谎。这方面他并不比其他十五岁的男孩更老练。

"你坐着吧。我给你弄些东西吃,然后你可以睡一觉。等明天早上你再决定你下一步要做什么吧。"

我泡了茶。他坐下来,完全不关心我这个人的存在。我不相信他编的故事,这也没有让他觉得难堪。我相信些什么对他并不重要。他是怎么想我的?他会想一想我吗?他是个会想一想的人吗?不:相比贝奇,他不会思考,不善言辞,也没有想象力。但他还活着,而贝奇已经死了。乖觉的遭摧折,呆钝的得余生。贝奇是早早地成全了自己。我从来不会害怕贝奇;但对这一位,我心里没底。

我放了一块三明治和一杯茶在他面前。"吃吧,喝吧。"我说。他没反应。他头枕在胳膊上,眼睛翻着白,已经睡着了。我拍了拍他的脸。"醒醒!"我说。他一惊而起,坐直身子,拿起三明治咬了一口,迅速地嚼动。嚼着嚼着他嘴巴慢了下来。还含着一口食物,他就在精疲力竭中瘫坐不动了。我从他手里拿开三明治,心想:他们一遇到麻烦就向女人找庇护了。他是来找弗洛伦斯的,可惜这儿已经没有弗洛伦斯。他难道没有自己的母亲吗?

在弗洛伦斯的房间,他暂时有了点精神。"那辆自行车……"他咕哝着。

"车子还在的,我收起来了。只是需要修一下。我会叫维克尔先生看看的。"

看起来,这座屋子,我的家——也是你曾经的家——现在已经变成一座避难所,一个中转站了。

我最亲爱的孩子,我现在身陷一片乖舛的迷雾。时间已经不多,而我还不知道如何拯救自己。我不惧坦白,不惧向你坦白。你会问,我的乖舛是什么?如果我能把乖舛像一只蜘蛛一样塞进瓶子里送给你去检查,我会这么做的。但它却像一团雾,无处不在,又不知所在。我触碰不到它,捕捉不到它,也无法命名它。不过,我还是可以勉强地,缓慢地,先试着抽剥出第一件事情:我不爱这个孩子,这个正睡在弗洛伦斯床上的孩子。我爱你,但我不爱他。我不为他感到心疼,一丝一毫也不。

是的,你会回答我,他是不讨人喜欢。可是,他不讨人喜欢,难道我不是肇因之一吗?

我不会否认这一点。但与此同时,我又无法说服我自己。在我心里,我不觉得他跟我有什么关系,就这么简单。我心里希望他离开,不要待在我身边。

这是第一件事,我的第一道坦白。我不想在我现在这种心态里死去,这种心态是丑陋的。我想得到拯救。怎么才能得救呢?去做我不想做的事。这是第一步——我所知道的就是如此。那么,首先,我必须去爱那不讨人喜欢的。比如,我必须去爱这个孩子。不是聪明伶俐的小贝奇,而是这一个。他不是无缘无故地出现在这里的。我想得救,就绕不开他。我必须爱他。可我不爱他。我想要爱他的意愿也不足以让我不顾自己的感受去爱他。

因为我没有一颗想要彻底改变自己的雄心,我仍然徘徊在一片迷雾里。

在我心里找不到让我去爱，让我想要去爱，让我迫不及待想去爱的东西。

我正在死去，是因为在我心里没有再活下去的意愿。我在死去，是因为我想要去死。

那么，我可以就此道出第二件事：一个疑问。如果我不愿意爱他，那我能说我对你的爱是真正的爱吗？毕竟爱不像饥饿感。爱是永无餍足，永不停滞的。一个人如果有爱，爱就会源源不断。我爱你越多，我就应该爱他越多。而如果我爱他很少，也许，我对你的爱也没那么多。

十字架式的逻辑，把我带到了一个我不想去的地方！但是，如果我真的没有这个意愿，那我就只能让自己被钉在上面吗？

当我开始写这封长信的时候，我曾想，言语之下会有一股潮汐引力般的强大力量，语句会被它底下的浪涛冲刷搅动，我们会在这股像月亮对地球的牵引一样绵绵不绝的力量下相互靠近：母女之间、女人之间的血脉牵引。但随着我一天天越写越长，这封信似乎变得越来越抽象，越来越失神，像是在星星上或某个遥远的空间里写出来的，玄虚空洞，言之无物，苍白无力。难道这就是我的爱的命运？

我记得，当这个男孩受伤的时候，他的血是如何粗暴地喷涌而出。相比之下，我在纸上挥洒的血液是多么稀薄。一颗挛缩的心已近断流。

我之前就已经写到了血,我知道。我已经写了我的一切,笔已写秃,血已流干,但我还在继续。这封信已变成一个迷宫,而我是迷宫里的一条狗,在地道里和岔路上扑腾蹿跳,在回到原点时抓挠呜咽,用尽全力,直到力气全无。为什么我不寻求帮助,寻求上帝的指引?因为上帝也帮不了我。上帝在寻找我,但他找不到我。上帝是另一个迷宫里的另一条狗。我闻到了上帝的味道,上帝也闻到了我的,但他和我一样找不着北。

我有一个梦境,不过我怀疑梦里面的并不是上帝。我入睡之后,眼皮后面有很多影子开始不断地移动,这些影子没有形体,都裹在一层灰色或棕色的硫黄雾气里。我在睡梦中的第一反应是,这是博罗季诺[1]:俄罗斯平原上一个炎热的夏日午后,硝烟弥漫,干枯的野草在燃烧,两支溃不成军的队伍在口干舌燥和丧命的恐惧中彷徨于无地,步履沉重。成百上千的男人,没有脸,没有声音,形销骨立,被困在杀戮之地,困在那片烧焦的平原上硫黄和鲜血的恶臭中,夜复一夜来回行军:这就是我一闭上眼睛就坠入其中的地狱。

我相信多半是那些红色药片——迪克诺尔[2]——在我脑子

---

[1] 博罗季诺(Borodino):1812年拿破仑入侵俄国时在莫斯科以西的博罗季诺村与俄军进行了一次大会战,双方均伤亡惨重,史称博罗季诺战役。托尔斯泰在《战争与和平》中对这场战役有细致描写。

[2] 迪克诺尔(Diconal):一种阿片类强镇痛药。

里召集了这些军队。但如果没有这些红色药片,我就召不来睡意。

博罗季诺,迪克诺尔:我盯着这两个词看。它们是一对变位字谜[1]吗?看着像。但这有什么意义,又属于哪种语言?

我靠着一声从胸腔深处发出的啸叫、哭喊或咳嗽,从博罗季诺的梦境中惊醒。然后我安静下来,躺着凝望我周遭的一切。我的房间,我的屋子,我的生活:太栩栩如生了,不可能是假的——真实世界,我回来了,一次又一次,从鲸鱼的肚子里被吐出来了。每一次都是奇迹,不被承认,不需庆祝,也不受欢迎的奇迹。[2]一个又一个的清晨,我被吐出来,吐在岸上,又得到一次机会。而我拿着这机会在做什么?一动不动地躺在沙滩上,等着夜潮再次涌来,裹着我,把我卷回黑暗的肚子里。错生一场:一个两不靠的生物,在水中无法呼吸,又缺乏勇气离开大海定居陆地。

你离开的那天,你在机场抓着我,看着我的眼睛。"不要喊我回来,妈妈,"你说,"因为我不会回来。"然后你跺掉了这个国家留在你脚上的尘土。[3]你做得对。然而,我心里有一盏

---

[1] 变位字谜(anagrams):一个单词的字母重组后变为另一个单词,这两个词就是变位字谜。比如 secure 和 rescue。
[2] 《旧约》中记载,上帝曾使约拿在鲸鱼腹中待了三天三夜,约拿在被鲸鱼吐出来之后不再违抗上帝的旨意,前去向尼尼微人传警告。在《新约》中,法利赛人向耶稣要新的奇迹,而不满足于约拿的奇迹。
[3] 《新约·马太福音》(和合本)10:14 中:"凡不接待你们,不听你们话的人,你们离开那家或是那城的时候,就把脚上的尘土跺下去。"

灯始终亮着,始终朝着西北方向,渴望着迎接你,拥抱你——万一你哪天心一软,不顾一切地要回来看我呢?在你的意志里有某种既令人生畏又令人钦佩的东西,在你写给我的信里也是如此,但坦率地说,那些信里没有足够的爱,至少,没有足够的、把爱带进生命的、那种温柔的屈服。亲热,善意,甚至无话不谈,也对我充满关心,然而,这些信是来自一个对我来说越来越疏远和陌生的女人。

这是一种谴责吗?不是,但这是一种责备,心底里的责备。而这封长信——我现在承认——是一声朝向黑夜、朝向西北方的呼唤,呼唤着你回来。回来,把你的头埋在我的两腿之间,像一个孩子那样,像你从前那样,如一只鼹鼠般用鼻子拱向你出生的地方。回来,这封信在说:不要割断你和我的血肉联系。我的第三道坦白。

如果你能说你来自我,我就不必说我来自鲸鱼的鱼腹。

没有孩子我无法活着,没有孩子我也无法死去。

你走了之后,我怀中只有疼痛。我生育疼痛。你就是我的疼痛。

这是一种谴责吗?是的。*J'accuse.*[1] 我谴责你抛弃了我。我把这谴责扔向你,扔向西北方,扔到疾风之中。我把我的疼痛扔向你。

---

[1] 法语:我谴责(我控诉)。这个短句在法语中因为左拉在德雷福斯事件中的一封同名公开信而广为人知。

博罗季诺：在某种语言里一定是"莫若归来"的变位词。

迪克诺尔："呼尔唤尔"。

从鲸鱼的肚子里呕吐出来的词，怪诞，神秘。宝贝疙瘩[1]。

半夜里我给生活热线打电话。"送货上门？"那个女人说，"除了斯图塔福百货公司，我不知道还有谁会送货上门。您问下美食到家公司试试？"

"不是烧饭的问题，"我说，"我自己可以烧饭。我只是想找人帮我送一些生活用品。我自己拎有点困难。"

"告诉我您的号码，我找个社工明天早上联系您。"她说。

我挂了电话。

终点一现，如箭离弦。我没有料到，一旦走上下坡路，就会越走越快。我以为一整段路都可以款步徐行。我错了，大错特错。

曲终人散的过程带着一种生命的降格——降格的不仅仅是我们本身，也包括我们对自己和对人类的信念。有人躺在黢黑的卧室中，躺在他们自己的混乱里，束手无策。有人躺在树篱丛中，风吹雨淋。你还体会不到。维克尔可以。

维克尔又失踪了，狗也不管了。让人唏嘘的维克尔。不是奥德修斯，不是赫耳墨斯，可能连信使也当不了。一个原地打

---

[1] 宝贝疙瘩：daughter（女儿）。这个词与 Borodino 和 Diconal 有些变位词意义上的形似。"莫若归来"在原文中是"come back"；"呼尔唤尔"是"I call"。

转的陀螺。一个踯躅的人,脸上的风霜雨雪都浪费了。

而我呢?如果说维克尔没有通过他的测试,那我的测试是什么?是测试我有没有勇气在"谎言之府"前面点燃自己吗?那个时刻已经在我的脑子里预演过一千遍——火柴擦燃的一瞬,耳畔腾起一股轻风,我坐在火焰之中,惊慌,却并没有失色,甚至还有点欣喜,火舌爬上我的衣服,闪着冷冷的、干净的蓝光。赋予生命以意义何其容易,我略感讶异地想着,在我的睫毛和眉毛着火、目不能视之前的最后一刻,脑子还在全速运转。然后,我就不再有任何念头,只知道痛了(没什么事情是不需要付出代价的)。

会痛过牙疼吗?会痛过分娩吗?痛过我的髋骨痛?还是痛过分娩两倍?要吃多少颗迪克诺尔才能止痛?在绕过铁链开上政府大道之前,先吞下所有的迪克诺尔,算不算舞弊?我必须在知觉和自我意识完好无损的状态下死掉吗?不能像分娩一样,死之前先麻醉吗?

事实是,这种冲动行为常常是种妄动,是严重的错误,不管它回应的是什么样的愤怒或绝望。如果说,经年累月地躺在床上、在羞耻和痛苦中慢慢死去,这无法拯救我的灵魂,那在两分钟内烧成一根火柱我凭什么就能得救?那些谎言会止干一个衰老的病妇的自杀吗?谁的生命会得到改变,怎样改变?一如既往地,我回到弗洛伦斯那里。如果弗洛伦斯正好从这儿经过,霍普在侧,比尤迪在背,这个场景会让她感到敬畏吗?她会停下来多看两眼吗?一个耍把戏的,一个活宝,一个哗众取宠者,弗洛伦斯会这么想:不是个庄重的人。然后继续走她的路。

在弗洛伦斯眼里,什么样的死才算得上庄重?什么样的死才能赢得她的认可?答案:给正直的、劳作的一生画一个圆满的句号;要不,就让死亡自己到来——无法抗拒、无可防备的死,就像雷霆一击,就像射入眉心的一粒子弹。

弗洛伦斯是法官。在眼镜背后,她的眼睛冷静地衡量着一切。这种冷静她也传给了她的女儿。法庭属于弗洛伦斯;我必须接受她的审视。如果我的生活是经过省察的生活,那是因为我已在弗洛伦斯的法庭里接受审视十年之久。

"你有消毒水吗?"

我正坐在厨房里写信,他的声音吓了我一跳。那男孩的声音。

"上楼去。到浴室里找找,右手边那扇门。打开洗脸池下面的柜子看看。"

浴室响起一阵哗哗的水流声。然后他又下来了。绷带解开了;可我惊奇地发现,他额头上缝的针还没拆线。

"他们没帮你拆线?"

他摇头。

"可你什么时候离开医院的?"

"昨天。前天。"

这也需要撒谎吗？

"你为什么不待在医院让他们把你治好？"

没有回答。

"你必须把伤口包住，不然你会感染，会留下一道疤。"留下一个标记，像一条鞭子一辈子横在他额头上。一个纪念物。

他是我什么人，我要对他苦口婆心？我甚至还曾捏住他开裂的伤口，帮他止过血。母性的冲动是多么执着！就像失去鸡崽的母鸡会收养小鸭子，不在乎它的黄毛扁嘴，同样教它在沙子里打滚，啄食虫子。

我抖开红色的桌布，剪开。"我家里没有绷带，"我说，"但这个很干净，如果你不介意红色的话。"我用桌布条在他头上包扎了两圈，在后面打了个结。"你得快点找个医生，或者去诊所，去把线拆了。你不能留着它在里面。"

他的脖子僵硬得像根拨火棍。有一种气息从他身上散发出来，那条狗肯定是闻到这气息就坐不住了：紧张，恐惧。

"我头不痛，"他一边说一边清了清嗓子，"但是我的胳膊，"——他小心翼翼地动了动肩膀——"我的胳膊得休息。"

"告诉我，你是在躲着什么人吗？"

他默不作声。

"我想认真地跟你谈谈，"我说，"你还太年轻，不该掺和这种事情。我跟贝奇这么说过，我再跟你说一次。你得听我的。我是个老人,我知道我在说什么。你们还是孩子。你们是在送命,可你们连命里会有些什么都还不知道。你多大?——十五岁?十五岁就死掉还太小了。十八岁也太小。二十一岁也太小。"

他站起身,用指尖轻抚红色的绑带。一条表记。在骑士时代,男人们互相砍杀,头盔上就飘着女人缠的表记。教这孩子学会谨慎是白费力气。战斗的本能在他身体里太强大,驱使着他一往直前。战斗:大自然清算弱者、给强者提供配偶的方式。光荣归来,你就会欲望高涨。鲜血与荣耀,死亡与性。而我,一个老太婆,死神的老女使[1],在他头上缠了一条表记!

"贝奇在哪儿?"他问道。

我端量着他的脸。他是没有听懂我说过的话吗?还是他不记得了?"坐下。"我说。

他坐了下来。

我朝桌前探过身。"贝奇在地下,"我说,"躺在棺材里,埋在坟坑里,上面土都盖好了。他永远不会离开那个坑了。永远,永远,永远。你得明白:这不是一场踢足球一样的游戏,你不可能跌倒之后还能爬起来继续踢。你对抗的那些男人不会说'这家伙还只是个孩子,让我们打一发孩子专用的子弹吧,一颗玩具子弹'。他们根本不会觉得你是个孩子。他们把你当

---

[1] 原文 crone of death。crone 是中世纪对老女人带邪恶色彩的称呼,后指干瘪、丑陋的老女人。

敌人，仇恨你，你有多恨他们，他们就有多恨你。向你开枪他们不会有任何不安；相反，如果你倒下，他们会开心地笑起来，然后就在枪托上再多划一道印子。"

他跟我对视着，仿佛我在打他的脸，一拳接着一拳。但是，他咬紧牙关，紧闭双唇，拒绝退缩。那双眼睛里还是一片烟霾。

"你可能认为他们纪律很差，"我说，"你错了。他们的纪律非常好。他们之所以没有把每一个男孩、你们每一个人都赶尽杀绝，不是因为怜悯或者同胞之情。那是因为纪律，不是别的：那是上面的命令，而这命令随时会变。怜悯已经被扔到海里去了。这是战争。好好给我听着！我知道我在说什么。你觉得我是在鼓惑你停止斗争。是啊，没错。我要做的就是这个。我想告诉你：别冲动，你还太年轻了。"

他有点坐立不安了。空谈，空谈！空谈已经压倒了他祖父母这一代和他父母这一代。谎言，承诺，哄骗，威胁：他们已经在这些空谈的轭套下直不起身了。但他不是。他摒弃了空谈。让空谈见鬼去吧！

"你会说现在是战斗的时候，"我说，"你会说，现在不是你死，就是我活。我来跟你谈谈这个'你死我活'。我来跟你谈谈这个'不是就是'。你听着。

"你知道我有病在身。你知道我得的是什么病吗？我得的是癌症。我得癌症是因为我这一辈子忍受和积累了太多的羞耻。癌症就是这样产生的：身体从自我厌恶变成自我毒害，开始吞噬自己。

"你会说'在羞耻和厌恶中消耗自己有什么意义？我不想听你的喜怒哀乐的故事，那只是另一套故事而已。你不如去做点什么'，是不是？而如果你这么说，我会说'是的'，我会说'是的'，我会说'是的'。

"你一旦向我这样提问，我就只能回答'是的'。但这就像是什么呢？这就像你的生命在受到审判时你只允许回答两个字，'是'或者'不是'。每当你吸口气准备讲话的时候，法官就会警告你：'回答是或不是，禁止长篇大论。''是。'你只能说。然而，你始终感到其他的话在你心里涌动，就像子宫里的生命一样。不是说像个婴儿一样在里面踹你，还没到那份上，而是像肚子里最开始的那种躁动，这种躁动可以让一个女人知道自己已经怀孕了。

"我身上不只有死亡。我身上也有生命。死亡很强大，生命很脆弱。但我要对生命负责。我必须让它活着。这是我的职责。

"你不相信言辞。你只相信拳头是真的，拳头和子弹。但是你好好听着：难道你听不出我这一字一句也是真的吗？用心听一听！这些话也许就是一阵风，但它们是发自我的肺腑，来自我的子宫。我不是在说'是的'，也不是在说'不是'。我说的是另外一种内容，是活在我心里的东西。我也在为这些内容而战斗,以我的方式,为这些东西不被扼杀而战斗。我就像某些国家的一些母亲一样,她们知道自己的孩子会被人从身边抱走,如果是个女儿,就会被处理掉。因为女儿不符合需要,因为家庭和村庄需要的是身强体壮的男儿。她们知道,在她们分娩之后,有人会不声不响地溜进来,从接生婆手里接过婴儿。如果性别不对,他就会偷偷转过背,小心翼翼地捏住她的小鼻子,捂住她的小嘴巴,把她闷死。一分钟就完事儿。

"节哀顺变,事后大家会跟这位母亲说,这都是天意。但是不要问:所谓的儿子是何意?所谓的女儿,必须死的这一个,又是何意?

"不要误会。你是个儿子,某个人的儿子。我不是对儿子有意见。但是你见过刚出生的婴儿吗?我告诉你,你怕是很难看得出男婴和女婴的区别。每一个婴儿两腿之间看上去都是同样鼓鼓囊囊的褶皱。那个壶嘴子,那根小须须,被当作男孩标记的那个东西,一点也不突出,真的。决定生死的区别微乎其微。而其他的东西,那些不鲜明的东西,那些逆来顺受的东西,却只落得个无人理睬的命运。我是在为这些无人理睬的东西说话。

"看得出来,老人的话你听厌了。你渴望成为一个男人,做男人做的事情。你厌倦了一直为人生做准备。你觉得,现在是开始真正的人生的时候了。但你犯了个天大的错误!人生不是去追随一根指挥棒,一根旗杆,一面旗帜,一把枪,不是去看它要把你带到哪里。人生不在另一条道上。你已经是在你的人生之中了。"

电话铃响了。

"没事,我不会接。"我说。

我们在沉默中等着铃声停止。

"我还不知道你叫什么。"我说。

"约翰。"

约翰:如果我也碰到过一个 *nom de guerre*[1],这就是了。

"你有什么计划?"

他一副听不懂的样子。

"你打算怎么办?你想待在这儿吗?"

"我得回家。"

"家在哪儿?"

他偎头偎脑地盯着我,没力气再编另一个谎言了。"可怜的孩子。"我叹了口气。

我无意暗中监视他。但我趿着拖鞋路过弗洛伦斯的房间时,房门开着,我看到了他的背影。他正坐在床上,埋头于手里的一件什么东西。听到我的声音,他吓了一跳,赶紧把那东西塞到被子底下。

---

[1] 法语·打仗时用的名字。后泛指假名、化名。

"你拿的是什么东西?"我问。

"没什么东西。"他盯着我的眼睛,又是那副不自然的神情。

我本不想追问,但却发现地上有一截踢脚板,是从墙上撬下来的,墙砖的本色都露出来了。

"你在搞什么鬼?"我说,"你拆房子干什么?"

他不作声。

"给我看看你藏的是什么。"

他摇头。

我细瞧那段墙脚。砖头底部有一道缝,一个通风口;从这道缝里可以把手伸到地板下面去。

"你在地板下面放了什么东西吗?"

"我什么也没干。"

我拨通了弗洛伦斯留下的那个号码。接电话的是个孩子。"我能和姆库布克里夫人说话吗?"我说。那边没应声。"姆库布克里夫人。弗洛伦斯。"

一阵低语,接着是一个女人的声音:"你找谁?"

"姆库布克里夫人。弗洛伦斯。"

"她不在这儿。"

"我是柯伦太太,"我说,"姆库布克里夫人以前为我工作过。我打电话是为了她儿子朋友的事情,他说他叫约翰,我不知道这是不是他的真名。这事儿很重要。如果弗洛伦斯不在,我可以和塔巴内先生说话吗?"

又是好长一段时间没声音。然后一个男人拿起了话筒:"你好,我是塔巴内。"

"我是柯伦太太。你记得吧,我们见过。我打电话来是为了贝奇一个朋友的事,他们一个学校的。你可能不知道,他之前在住院。"

"我知道。"

"现在他离开了医院,或者是逃出来的,到我这儿来了。我有理由相信他有件什么类型的武器,具体是什么我不太清楚,应该是他和贝奇藏在弗洛伦斯房间里的。我认为这就是他回来的原因。"

"嗯。"他反应很平静。

"塔巴内先生,我不是在要求你对这个孩子行使自己的权威。但是他身体状况很不好。他伤得很严重。而且我认为他处于一种情绪性非正常状态。我不知道如何与他家人取得联系,我甚至不知道他在开普敦有没有家。他不肯告诉我。我是想请你找个人来跟他谈谈,要他信任的人,并且在他出事之前带他离开。"

"他处于一种情绪性非正常状态,这话是什么意思?"

"意思是他需要帮助。意思是他可能无法对自己的行为负责。意思是他脑子撞得不轻。意思是我照看不了他,我担不起。你们得来个人。"

"我看看吧。"

"不，这么说可不行。我需要一个确定的说法。"

"我会找人来把他带走。但我没法告诉您什么时候。"

"今天？"

"今天我说不准。也许今天，也许明天。我看看吧。"

"塔巴内先生，有件事我想跟你讲明白。我并不是想给这个男孩或其他任何人提供人生忠告。他年龄够大了，而且也够犟，可以做他想做的事。但是对于这种以同志情谊为名的流血行动和杀来杀去，我心里一贯深恶痛绝。我认为这是野蛮的。这就是我要说的。"

"线路不太好，柯伦太太。您的声音很轻，又远又轻。我希望您能听到我的声音。"

"我能听到你。"

"好的，那么我可以回答您，柯伦太太，我不觉得您对同志情谊有很深的理解。"

"我足够理解了，谢谢你。"

"不，您不理解。"他很有把握地说，"如果您像这些年轻人一样全身心投入斗争，如果您准备好了毫不犹豫地为彼此付出生命，你们之间就会生成一条纽带，那比您看得到的任何纽带都更强韧。这就是同志情谊。我每天都亲眼见证这种情谊。我这一代人身上没什么东西可与之相比。这就是为什么我们必须给他们让道，给年轻人让道。我们后退一步，但仍然站在他们身后。这是您无法理解的东西,因为您离得太远了。"

"我离得很远,当然了,"我说,"离得又远,分量又轻。不过,恐怕不是我不了解同志情谊,而是我太了解了。德国人就有同志情谊,日本人也有,还有斯巴达人。沙卡[1]的战团我相信也不会例外。同志情谊只不过是一种对死亡和杀戮的神秘化,不过是把血腥的东西伪装成你所谓的什么纽带(什么东西的纽带?爱吗?我很怀疑)。我对这种同志情谊产生不了共情。你们错了,你和弗洛伦斯还有其他人,你们是被这种东西骗了,更糟糕的是,你们还以此激励孩子们。这只是另一种冰冷的、排他性的、死亡驱动的男性建构。这就是我的看法。"

我们还有很多对话,但我不重复了。我们交换了意见。我们同意求同存异。

下午一点一点地过去。没人来找这个男孩。我服了药,头昏脑涨地躺在床上,在背下面垫了一个垫子,一点点地调整接触部位以减轻痛楚,非常想睡着,又怕梦见博罗季诺。

空气潮乎乎的,外面下雨了,堵塞的排水槽不停地在滴水。楼梯口的地毯上飘来一阵阵猫尿味。一座坟墓,我心想,一个晚期的中产阶级墓穴。我的头不停地换着边。白发披散在枕头上,没洗的、稀疏的白发。而在弗洛伦斯的房间里,在越来越暗的光线中,那个男孩仰面躺着,手里拿着个炸弹或是啥

---

[1] 沙卡(Shaka,1787—1828),南非祖鲁人国王,热衷于战争,备受争议,被称为"非洲拿破仑"。

玩意儿，睁着眼睛，朦胧的眼神开始发亮：他在设想——不，不是在设想，而是在展望。展望那荣耀的时刻，他站在众人面前，顶天立地，强大有力，脱胎换骨，终于是一个完满的自己。在他周围，火花在绽放，烟柱在升起。他胸前的炸弹仿佛一件法宝：就像克里斯托弗·哥伦布躺在黑暗的船舱里，胸前放着指南针——这个神秘的仪器将指引他找到西印度群岛，那极乐之岛。当他涉水走上海滩，成群的赤裸着胸部的少女会为他献上歌声，为他张开怀抱。这一切，全凭他胸前这根指针，它永远不会失去方向，永远指着未来。

可怜的孩子！可怜的孩子！泪水不知不觉涌上来，模糊了我的眼睛。可怜的约翰——如果是在从前，他本将服从命运的安排去做一个园童，不声不响地吃着面包和果酱当午餐，就着铁罐喝水；而现在，他要去战斗了，为所有那些被侮辱和被损害的人，被践踏和被嘲弄的人，为南非所有的园童去战斗！

一大早，温度还很低，我就听到有人在推院子的大门。是维克尔，我想，维克尔回来了。然后有人按响了门铃，一声，两声，长时间按着不放，急躁蛮横。我知道这不是维克尔。

我现在下个楼都要好几分钟，尤其是吃了药还犯着迷糊的时候。我在半明半暗里慢慢往下挪，他们就一直在外面按门铃、敲门。"来了！"我扯着喉咙喊道。但我的动作太慢了。我听到院门已经打开。有人开始急促地拍打厨房门，还有说南非荷兰语的声音。接着,像是石头撞击石头般沉闷、平平无奇,传来一声枪响。

门外瞬时安静下来,马上我又清楚地听到哪里的玻璃哗啦一声被打碎了。"等一下!"我大喊着跑起来,真的是跑了起来——我不知道我还有这功能——冲到厨房门后面。"等一下!"我一边喊,一边拍着门玻璃,摸索着门闩和铁链——"不要动手!"

有个穿蓝色外套的人背对着我站在走廊上。他肯定听到我的话了,但他没有转过身来。

我拉开最后一个门闩,猛地把门打开,冲到他们中间。我忘了披上罩袍,脚也光着,只穿着白色的睡衣站在那儿,看着很有可能像是从死人堆里爬出来的。"等一等,"我说,"先别动手,他还是个孩子!"

他们有三个人。两人身着制服。第三个穿着一件胸前是奔跑的驯鹿图案的套头衫,手里拿着一把手枪,枪口向下。"给我个机会跟他谈谈。"我说着踩在昨夜的水坑中走进院子。他们惊愕地望着我,但并没有试图阻止我。

弗洛伦斯房间的窗户被打碎了。房间里黑乎乎的;但是,从那个破洞往里看,我能看得出房间尽头的床边蹲伏着一个人影。

"把门打开,我的孩子,"我说,"我不会让他们伤害你,我保证。"

这是个谎言。他已经逃不掉了，我没有能力救他。然而有什么东西把我和他绑在一起。我心里发紧，只想抱住他，保护他。

一个警察出现在我身边，紧贴着墙。"让他出来。"他说。我愤怒地看着他："你走开！"我向他咆哮，随之而来的是一阵剧烈咳嗽。

太阳升起来了，玫瑰色的太阳，映着满天朝霞。

"约翰！"我一边咳嗽一边喊，"你出来吧！我不会让他们动你一根汗毛。"

此时那个穿套头衫的人站到了我身边。"让他把武器交出来。"他压低声音说。

"什么武器？"

"他有一把枪，我不知道还有没有别的。让他把所有的武器都交出来。"

"你得先保证不会伤害他。"

他的手指钳住了我的胳膊。我想挣脱，但他力气太大了。"您在这儿会得肺炎的。"他说。一件外套从后面披到我身上：一件警服，他们之中谁脱下来的。"*Neem haar binne.*"[1] 那人低声说。他们把我带回厨房，在我面前关上门。

我坐下，马上又站起来。外套上一股烟味。我把它扔在地

---

[1] 南非荷兰语：带她进屋。

板上,打开厨房门。我的脚已经冻紫了。"约翰!"我又叫。那三个人正围着一个对讲机。那个把外套脱给我的人一脸恼火地扭过头来。"太太,外面很危险。"他说。他再次把我赶进门内,却找不到锁门的钥匙。

"他还是个孩子。"我说。

"让我们做事,太太。"他回答。

"我盯着你们呢,"我说,"我盯着你们的一举一动。我告诉你们,他还是个孩子!"

他深吸一口气,好像要做出回应,却只是长嘘了一声,等着我把话说完。一个年轻人,结实,瘦削。近有父母,远有族人。表兄堂妹,叔叔阿姨,姑姥舅爷,像个合唱团一样站在他身前身后,引导着他,告诫着他。

我能说什么呢?我们之间有什么共性可以让我们产生交流?只有一件事,那就是,他来这儿是来保护我的——在一个更宽泛的意义上,是来保护我的利益的。

"*Ek staan nie aan jou kant nie,*"我说,"*Ek staan aan die teenkant.*"[1] 我站在另一边。但也是在另一条岸上,在那条河的对岸。远远地隔着河,回头眺望。

他转过身,一边检查着炉子、水槽、刀架,一边稳住

---

[1] 南非荷兰语:我不站在你们这边,我站在另一边。

die ou dame[1],先不去管他的同事在外面忙活什么了。任务一息万变。

"我没别的要说了,"我说,"都说完了。反正我也不是说给你听的。"

那我是说给谁听?给你:永远是说给你听。我如何活着,我活成了什么样:我的故事。

门铃响了。更多的人,穿着皮靴、戴着帽子、一身迷彩制服的人,咚咚地踏进了院子。他们聚集到厨房的窗户下面。"*Hy sit daar in die buitekamer,*"那个警察指着弗洛伦斯的房间解释,"*Daar's net die een deur en die een venster.*"[2]

"*Nee, dan het ons hom.*"[3]一个新来的说。

"我警告你们,我看着你们的一举一动。"我说道。

他转向我。"您认识这个男孩?"

"是,我认识。"

"您知道他有武器吗?"

我耸耸肩。"这年头没有武器的人只能求上帝保佑。"

又进来一个人,一个穿着制服的年轻女人,外表整洁,气质干练。"*Is dit die dame dié?*"[4]她问道,接着对我说,"这座房

---

1 南非荷兰语:这个老太婆。
2 南非荷兰语:他就在那个房间,房间只有一扇窗和一扇门。
3 南非荷兰语:没事,他跑不了。
4 南非荷兰语:是这位女士吗?

子需要清场一小会儿,直到事情结束。您有地方可去吗,朋友家或亲戚家?"

"我不走。这是我的房子。"

她的友好和体贴依然如故。"我明白,"她说,"但是留在这儿太危险了,我们必须请您离开一小会儿。"

窗户边那些人这会儿已经不说话了,他们急着等我离开。"*Bel die ambulans.*"[1] 其中一个说道。"*Ag, sy kan sommer by die stasie wag,*"[2] 那女人说,"来吧,Mrs……"她等着我报上我的名字。我没接茬。"来一杯好喝的热茶。"她拉近乎。

"我不去。"

对于我的话,他们不比对一个孩子的话更当真。"*Gaan haal'n kombers,*"那个男人说,"*sy's amper blou van die koue.*"[3]

女人上楼从我床上拿了床被子下来。她把我裹在被子里,给了我一个拥抱,然后帮我穿上拖鞋,对我的腿和脚没有任何反感的样子。一个好姑娘,贤妻良母的料子。

"有没有什么药或者其他东西您要带走的?"她问道。

"我不会走的。"我重申,双手紧抓着椅子。

她跟那个男人低声交谈了几句。没跟我打招呼,那男人从背后托着我的胳膊就把我抬了起来。女人上来抬起我的腿。我

---

1 南非荷兰语:叫救护车。
2 南非荷兰语:啊,对,她可以在车上等。
3 南非荷兰语:去拿床被子来,她都冻紫了。

就这样像一卷地毯似的被他们抬到了前门。我的背上一阵疼痛。"把我放下!"我大声叫喊着。

"一小会儿就到了。"女人镇定地说。

"我得了癌症!"我尖叫着,"把我放下!"

癌症!把这个词扔给他们真是太痛快了!那就像一把飞刀,让他们停下了脚步。"*Sit haar neer, dalk kom haar iets oor,*"那个男人说,"*Ek het mos gesê jy moet die ambulans bel.*"[1] 他们小心翼翼地把我放在了沙发上。

"您哪里不舒服?"女人皱着眉头问。

"心里。"我说。她一脸疑惑。"我心里得了癌症。"这下她明白了;她像甩开苍蝇那样摇了摇头。

"我们抬着您的时候您很痛吗?"

"我无时无刻不在痛。"我说。

她与我身后那个男人对视了一眼。不知道有什么好笑的,她脸上都快绷不住了。

"我生癌是因为我喝了苦杯[2]中的酒。"我不假思索地说。他们觉得我疯疯癫癫又如何?"你们以后很可能也会生的。这是我们的命运。"

外面传来玻璃碎裂的一声脆响。两人迅速冲出房间;我站

---

[1] 南非荷兰语:放下她,说不定会出事,我告诉你叫救护车的。
[2] 苦杯(the cup of bitterness):基督教语境中一般比喻耶稣所承受的苦难,尤指被钉十字架。也泛指信徒所承受的苦难。但柯伦太太此处是借用,并非特指。

起身,一瘸一拐地跟在后面。

除了又有一块窗玻璃被打破之外,还没别的事发生。院子中间没有人;但现在有六个警察蹲伏在走廊上,拿着枪做好了攻击的准备。

"*Weg!*"一个警察怒不可遏地叫道,"*Kry haar weg!*"[1]

那个女人把我推到门内。她一关上门,外面就响起一声短促的爆炸声,然后是枪声齐发,接着,是一段长长的、让人眩晕的寂静。再过了一会儿,有人开始低声交谈,维克尔的狗也不知道在哪里狂叫起来。

我想去拉门,但那个女人紧紧地拽着我。

"如果你们伤了他,我永远不会原谅你们。"我说。

"别担心,我们会再打电话叫救护车。"她安抚我说。

不过救护车已经到了,就停在人行道上。门口聚集了几十号从四面八方赶来看热闹的人,邻居,路人,年轻的,年老的,黑人,白人;周围住宅的阳台上也有人站着观望。我在那个女警的陪同下走出家门的时候,他们正把担架床上那具盖着毯子的身体推到过道上,准备抬上救护车。

我试图跟在担架后面爬上去;一个医护人员甚至还扶着我的手臂想帮我一把;但是一个警察拦住了我们。"等等,我们会派另一辆救护车来接她。"他说。

---

[1] 南非荷兰语:走开!把她弄走!

"我不想坐另一辆救护车。"我说。他摆出一副和善但为难的表情。"我要跟他一起去。"我说着想再次爬上去。被子滑落到我的脚上。

他摇着头。"不行。"然后他做了个手势,那个医护人员关上了车门。

"上帝宽恕我们!"我怔怔地呢喃。裹紧被子,我离开人群,沿着司坤德街往前走。快要走到拐角处时,那个女警小跑着追了上来。"您现在必须回家去!"她命令道。"那不再是我的家了。"我带着怒气回答她,继续往前走。她抓住我的胳膊;我挣脱开。"*Sy's van haar kop af.*"[1] 她旁若有人地评论了一句,放弃了。

走到布伊藤康特街的立交桥下,我坐下来休息。汽车川流不息地朝城里驶去。没人有心看我一眼。在司坤德街,以我蓬乱的头发和身上粉色的棉被,我可能是街头一景;而这儿,在瓦砾和污秽之间,我只是都市阴暗空间的一部分。

一对男女在街对面走了过去。那个女人我是不是认识?那是维克尔带回来的那个女人吗?还是说,所有徘徊在阿瓦隆宾馆和索力克拉玛酒水商店附近的女人都有瘦弱、细长的腿?那个男人,肩上挂着一个扎口的塑料袋,并不是维克尔。

我用被子把自己包得严严实实,躺了下来。立交桥上的车

---

[1] 南非荷兰语:她失去理智了。

辆隆隆驶过,我的骨头也在跟着震颤。药片还在屋子里,而屋子已经落在别人手里。没有药片我能活下去吗?不能。可我还想活下去吗?我开始感受到衰老的动物身上那种漠然的平静,它们觉出大限将至,就冷冷地、迟钝地爬进地下的洞穴,在那里,世界将缩减成一颗心脏缓慢跳动的怦怦声。在一根水泥柱子后面,一个三十年没被阳光照射过的地方,我蜷起只有一侧受力的身子,听着疼痛的节拍像我的脉搏一样起伏。

我肯定是睡着了。时间应该过了很久。当我睁开眼睛时,一个孩子跪在我身旁,在被子里摸索。他的手在我身上蠕动。"没有你要的东西。"我想说,可我的假牙松脱了。最多只有十岁,光头,赤脚,神色冷酷。他身后还有两个同伴,年纪更小。我摘下假牙。"别碰我,"我说,"我生病了,你们会被我传染的。"

他们慢慢地退开,然后,像乌鸦一样站在那儿等候着。

我膀胱胀得不行。万般无奈,我尿在了身下。上帝啊,我心想,感谢你赐我寒冷,感谢你赐我麻木:它们都是一次顺产的护航手。

男孩们又走近了一些。我等着他们的手来试探,不在乎了。车轮的轰隆声让我昏昏然;就像蜂巢里的一只幼虫,我被吸入这旋转的世界的嗡鸣中。空中声响氤氲。无数的翅膀在我的上方飞来飞去。怎么会有那么多地方容得下他们呢?天上怎么会有空间容纳所有逝者的灵魂呢?因为,马可·奥勒留说,它们会相互熔合：它们燃烧，熔为一体，以此返回伟大的循环之中。

死亡之后的死亡。化为齑粉。

被子被掀开了一角。我的眼睑感到有亮光照射，被泪水洗过的脸颊也觉得凉飕飕的。有什么东西压在我的双唇之间，抵着我的牙床。我快要吐出来了，扭头摆脱开。现在三个男孩都在黑暗中围逼着我；他们身后也许还有其他人。他们想干什么？我想把那只手推开，但它却越发用力。我喉咙里发出一声难听的吼叫，像是木头裂开时那种刺耳的声音。那只手收了回去。"你们——"我想说话，但我的上颚酸痛无力，我组织不起语言。

我想说的是什么？你们不要这样？你们难道看不出我一无所有？你们难道没有一点恻隐之心？还好没有说出口。这世上凭什么要有恻隐之心？我想起了甲虫，那些驼背的黑色大甲虫，它们奄奄一息，无力地挥动着它们的腿，而蚂蚁爬满它们的身体，咬着那些柔软的地方：关节，眼睛，把它们的肉一丝丝扯开，衔走。

他塞进我嘴里的，是一根棍子，就是一根几英寸长的棍子。我能尝到它留下的尘屑味。

他再次用棍尖掀起我的上唇。我往后缩着，吐着口水。他兴致索然地站了起来。他的赤脚往地上一踢，灰尘和小石子纷纷打在我脸上。

一辆汽车开过,车灯映照出这些孩子的轮廓。他们朝后散开,隐没在布伊藤康特街上。黑暗再次笼罩着我。

这些事情真的发生了吗?是的,这些事情发生了。除此之外,我没什么好说的了。事发之地离布雷达街、司坤德街和弗雷德街只有一石之遥——一个世纪以前,开普敦的权贵们下令在这三条街上建造可以世代相传的高门大屋,但没预料到有这么一天,在这些高墙的阴影底下,喜鹊会回来筑巢。

我的脑子里有一团迷雾,无力而混乱。我打着寒战;一阵阵的哈欠涌上来。一时之间我如堕烟海。

这时候,有什么东西在嗅探我的脸:一条狗。我伸手挡开它,但它仍然绕开我的手指凑上来。于是我屈服了,心想,相比之下,狗的湿鼻子和它急切的呼吸也不算很要命。我就随它舔着我的脸,舔着我的嘴唇,舔光我的眼泪留下的盐分。不停地亲吻——如果有人想把这看成亲吻的话。

狗的身后还有一个人。这气味我是不是熟悉?是维克尔吗?还是说,所有的街头流浪汉都有这种腐朽的树叶的气味,这种在灰堆里糜烂的内衣的气味?"维克尔先生?"我哑着嗓子问了一声。狗兴奋地呜呜叫了起来,冲我脸上打了个大喷嚏。

一根火柴燃亮。是的,是维克尔,从帽子到整个人。"谁把你放在这儿的?"他问道。"我自己。"我忍着上颚的痛楚挤出一句回答。火柴熄灭。我的眼泪又涌了出来,狗舔吮得更欢了。

看他那尖耸的肩胛骨和鸥鸟般窄小的胸膛，我真没觉得维克尔会如此强壮。可他扶起我，连着湿了一块的被子，一把将我横抱了起来。我心中一动：上一次我被一个男人这样抱着已经是四十年前了。高个子女人的不幸。这个故事会不会这样结尾：我被有力的臂膀抱着，越过沙滩，涉过浅水，推开波浪，返回黑暗的海洋深处？

在福泽般的宁静里，我们离开了立交桥。啊，这一切竟然瞬间就变得不是如此地难以忍受了！我的疼痛哪里去啦？疼痛是不是也换了一种好心情？"别回司坤德街。"我嘱咐他。

我们从一盏路灯下走过。我看到他脖子上紧绷的肌肉，听到他呼吸越来越急促。"放下我歇会儿吧。"我说。他把我放下，站在一旁。那一刻什么时候到来——他的夹克脱落，背后长出一对巨大翅膀的那一刻？

他继续抱起我沿布伊藤康特街往上走，穿过弗雷德街，那条和平之街[1]，随后，他放慢脚步，几乎是一步一试探地，走进一片幽暗的树林里。透过枝叶我瞥见了天上的星星。

他把我放了下来。

"我很高兴看到你。"我说。这是我的肺腑之言。然后我告诉他："在你来之前，我被几个小孩攻击了。是攻击还是侵

---

[1] 弗雷德街（Vrede Street）：Vrede 在南非荷兰语中是"和平"之意。

犯还是趁火打劫,我不知道到底算什么。这就是我说话这么奇怪的原因。他们用一根棍子捅到我嘴里,我现在也不知道他们想干什么。这能给他们带来什么乐趣呢?"

"他们想要你的金牙,"他说,"他们可以拿金子到当铺里换钱。"

"金牙?太奇怪了。我又没有金牙。我把假牙都摘下来了。你看,在这儿。"

他摸黑从什么地方找出一块硬纸板,一个折平的纸箱子,把它展开,扶着我躺下。然后,没有客套,他自己也不慌不忙地背对着我躺了下来。那条狗趴在我们的腿中间。

"你要盖点被子吗?"我说。

"我没事。"

就这样过了好一会儿。

"对不起,我实在是口渴坏了,"我小声说,"这儿没有水吗?"

他爬起身,拿了一个瓶子回来。我闻了闻:是甜酒,还有半瓶。"我只有这个。"他说。我一饮而尽。口渴没有得到缓解,但是天上的星星开始漂移。一切都变得渺远了:潮湿的泥土的气息,寒冷,身边的这个男人,以及我自己的身体。就像一只螃蟹度过了漫长的一天,累了,缩起了爪子,甚至连疼痛也去睡觉了。我又坠入黑暗之中。

我醒时,他已转过身来,一条胳膊横搭在我脖子上。我本可以挪动一下,但我宁愿不弄醒他。就这样,当天光渐晓,我和他面对面躺在一起,一动不动。他的眼睛睁开过一次,像动物一样警觉的眼睛。"我还在的。"我喃喃地说。他闭上了眼。

一个念头袭来:这一刻,在世上所有的生命当中,我认识最深的是谁?是他。他唇下的每一根胡须,他额上的每一道皱纹,我都认得。是他,不是你。因为他在这儿,在我身边,此时,此刻。

原谅我。时不我与,我必须听从自己的内心,辨认真实。盲目也好,无知也好,我跟随真实的引领。

"你醒着吗?"我喃喃地问。

"嗯。"

"那两个男孩现在都死了,"我说,"他们俩都被打死了。你知道吗?"

"嗯。"

"你知道屋里发生的事儿?"

"对。"

"我想讲两句,你不介意吧?"

"讲。"

"我跟你说啊,贝奇死的那天我见到了弗洛伦斯的弟弟——弟弟或表弟之类。一个受过教育的男人。我告诉他,我多希望贝奇没有卷入这场——应该叫作什么?——这场斗争。'他还是个孩子,'我说,'他还没有准备好。如果不是因为他

那个朋友,他是不会被拖进来的.'

"后来我又跟他通了电话。我坦率地对他说了我的看法,那就是这两个孩子最后都是死于所谓的同志情谊。我说这种东西是对死亡的神秘化。我指责弗洛伦斯和他这些人没有阻止事情的发生。

"他很谦恭地听我把话说完。我有权发表自己的意见,他说。我并没能改变他的想法。

"但现在我问自己:我有什么权利对同志情谊或者别的什么发表意见?我有什么权利希望贝奇和他的朋友没有惹祸上身?在真空中发表意见,发表不触及任何人的意见,对我来说,毫无意义啊。意见必须被他人倾听;倾听,掂量,而不仅是出于礼貌听一下。而如果要能被掂量,意见就要有分量。塔巴内先生没有掂量过我说的话。我的话对他而言没有分量。弗洛伦斯甚至没有听见我说什么。我知道,对弗洛伦斯来说,我脑子里想什么都是无关紧要的。"

维克尔爬起身,走到一棵树后面去小便。过了一会儿,出乎我意料,他居然又回来躺下了。那条狗依偎着他,鼻子就搁在他的裆部。我用舌头探了探嘴里的痛处,咂摸着血的味道。

"我并没有改变我的想法,"我说,"我仍然憎恶这种对牺牲的召唤,那只会以年轻人血洒沙土死去而告终。战争永远不是它伪装成的样子。揭开那层面纱你就会发现,自始至终,都是老头子们以某种抽象之物的名义让年轻人去送死。不管塔巴内先生说了些什么（我不怪他，我们都看不清未来；如果未来一眼就能看清，我们可能就裹足不前了），这仍然是一场老人加之于年轻人的战争。**不自由，毋宁死！**贝奇和他的朋友们喊着。这是谁的语言？不是他们自己的。**不自由，毋宁死！**我毫不怀疑，那两个小姑娘正在睡梦中预热这句口号。而我要说：不！不要去送命！

"谁的话才是真正理智的声音，维克尔先生？我相信是我的。可我是什么人，我能以什么身份发声？我凭什么堂而皇之地劝说他们不要理睬那个召唤？我除了坐在角落里闭上嘴巴，还有权做什么？我没法发声，很久以前我就失去资格了；可能我就从未有过资格。我没法发声，而且无可奈何。留给我的应该是沉默。但是，含着这——不管它是什么——无法发出的声音，我仍然在说话。我停不下来。"

维克尔是不是在笑？我看不见他的脸。嘴里没牙，我的喃喃声黏涎漏风，可我还没说完。

"有人很久以前就犯下了罪。多久以前？我不知道。但肯定是在1916年以前。在我出生以前这罪就犯下了。我生来就继承了它的一部分。它是我的一部分，我也是它的一部分。

"和所有的罪行一样，这桩罪行也是有代价的。我曾经认为，这个代价只能以羞耻来偿还：生活在羞耻之中，并在默默无闻的角落里羞耻地、无人哀悼地死去。我接受这种结果。我并没有打算置身事外。虽然这桩罪行不是因为我的要求而犯下的，但它也记在我的名下。

"我有时候对那些满手脏污的人充满愤怒——你已经看到了，一种让人羞愧的愤怒，和引发愤怒的人一样愚蠢——但我承认，在某种意义上，他们也活在我身上。所以，当我在愤怒中诅咒他们去死，我也希望死亡降临到我自己头上。以尊严的名义。一种诚实意义上的尊严。*Honesta mors.*[1]

"我不知道自由到底是什么，维克尔先生。我相信贝奇和他的朋友也不知道。也许自由永远是、而且只能是无法想象的东西。然而，我们明白什么是不自由，因为我们有体会——不是吗？贝奇是不自由的，而且他明白这一点。你也是不自由的，至少在这片土地上是如此，而我也一样。我生而为奴，必定也会以奴隶的身份死去。生在枷锁之中，死亦在枷锁之中：这就是代价之一，不容辩驳，不容抱怨。

"我所不知道的，我所不知道的是——现在听我说！——代价其实还要更高。就此而言，我失算了。失误来自何处？来自我的尊严观，那是我在教育和阅读中形成的，我固守不放的一种观念：诚实之人保持着尊严，他的灵魂不会受到损害。我总是在为尊严作战，为我个人的尊严作战，而我的向导就是羞耻之心。只要我还感到羞耻，我就知道我还没有步入尊严尽失的境地。这就是羞耻的作用：作为一块试金石，一种永远在那

---

[1] 拉丁语：体面的死；有尊严的死。

里的东西,你可以像盲人一样回到这里,触摸它,它会告诉你身在何处。但同时,我也和我的羞耻保持着审慎的距离。我并没有沉溺其中。羞耻从没有变成一种羞耻感的享乐;它从未停止啃啮我。我不为这羞耻而骄傲,我为它而感到羞耻。我的羞耻我承担。就像灰渣在我嘴里日积月累,它的味道也永远只是灰渣。

"我今天早上是在这里做忏悔,维克尔先生,"我说,"毫无保留地忏悔。我没有要隐藏的秘密。我没做过坏人,对此我问心无愧。现在我也不是。但我没想到,在这个时代,做个好人是不够的!"

"这就是我失算的地方:比起做个好人,我们还得担负更多。因为这个国家不缺好人。我们这些小人物,我们都不是坏人或很难算坏人。而时代要求于我们的远不是做个好人。时代需要的是英雄主义。这个词从我嘴里说出来我自己都觉得陌生。我怀疑自己是不是从没用过这个词,哪怕是在讲台上。为什么不用?也许是出于敬意,也许是出于羞愧。就像我们面对一个赤裸的男人要垂眼低眉。我想,我在讲台上可能是用'英雄气概'这个词作为替代的。一个有着英雄气概的勇士。个古老的裸体形象。"

维克尔的喉咙深处发出一声咕哝。我探头观望,但只看到他脸上的胡茬儿和一只毛茸茸的耳朵。"维克尔先生!"我轻声叫道。他没有反应。睡着了?假装睡着了?有多少内容他没有听到？好人和英雄主义他听到了吗？尊严和羞耻呢？如果忏悔没有被听到，还是真正的忏悔吗？你听到我说什么了吗，还是你也已经被我催眠了？

我走到一处树丛后面。鸟儿在我四周歌唱。谁会想到，在郊区还有这样的鸟语欢腾！

这里就像是阿卡狄亚[1]。难怪维克尔和他的朋友们生活在露天里。一个屋顶除了挡挡雨，还有什么别的用？

维克尔和他的同志们。

我回到他身边躺下，双脚冰冷，沾满了泥巴。天已经大亮。在这一小块空地当中，躺在这个扁平的纸板箱上，每一个路过的人肯定都能看见我们。我们在天使的眼中必定也是如此：住在玻璃房子里的人，一举一动都一览无遗。我们的心也裸露着，在玻璃做的胸膛里跳动。鸟儿的歌声溅落如雨。

"今天早上我感觉真的好多了，"我说，"但我们现在也许应该回去了。我怕等会儿就要乐极生悲了。"

维克尔爬起来，摘下帽子，用又长又脏的指甲挠着头皮。那条狗不知从哪里跑了出来，围着我们转个不停。维克尔把纸板折好，藏在了树丛里。

"你知道我切掉了一只乳房吗？"我冷不丁地说。

他手足无措，表情尴尬。

---

[1] 阿卡狄亚：古希腊的世外桃源。维吉尔的《牧歌》里多有描述。

"当然,我现在会觉得遗憾。遗憾自己有了瑕疵。到头来,这就像是要出售一件带划痕或者火烧痕的家具。你说,这还是一把非常好的椅子啊,但是人们不感兴趣。人们不喜欢有瑕疵的东西。我是在说我的生命。它可能不是非常完美的生命,但它依然是一条人命,而不是半条命。我想着我可以用它来换取我的尊严。但是以它现在这种状态,谁会愿意接受呢?这就像想花掉一枚德拉克马。它在别的地方是一枚价值无损的硬币,但在这儿不是。上面的瑕疵很可疑。

"但我还没有完全放弃。我还在左思右想,想看看我能做什么。你有什么建议吗?"

维克尔戴上帽子,前后拽了拽紧。

"我很乐意先给你买顶新帽子。"我说。

他笑了。我挽起他的胳膊;我们沿着弗雷德街慢慢上路了。

"我给你讲一个我做过的梦。"我说,"我梦见的那个男人并没有戴帽子,但我认为那就是你。他的头发又长又油,梳着一个大背头。"又长又油;还很脏,像一堆难看的老鼠尾巴一样挂在脑袋后面;不过我没提这一出。

"我们在海边,他在教我游泳。他拉着我的手把我拖到海里,我就浮在水面上踢水。我穿着一件海军蓝的针织泳衣,那种旧时代的款式。我也是小孩子年纪。不过在梦里我们永远都是小孩。

"他拉着我往海里退,眼睛盯着我。他的眼睛很像你。没有波浪,只有一波波的涟漪在阳光下闪烁。事实上,海水也很油。他的身体露出水面的部位都沾着闪闪的油花。我心里想:沙丁鱼油——我是一条小沙丁鱼,他正把我带到油里去呢。我想说回去吧,但又不敢张口,害怕油会从嘴里涌到肺里去。淹死在油里——我可没这个勇气。"

我停顿了一下,想让他说两句,但他一言不发。我们拐到了司坤德街上。

"我告诉你这个梦当然不是随便说说,"我继续说,"述说一个梦境总是想揭示或表明什么的。但问题是,那是什么呢?

"我第一次在车库后面看到你的那天,也正是我得知自己生癌的噩耗的那天。真的巧得不能再巧了。我怀疑你是不是一个来给我指路的天使——请原谅我用这个词。当然,你不是,从来不是,也不可能是——我看出来了。但这只是故事的一半,对不对?我们总是感知一半,创造一半的。[1]

"所以,我一直在跟自己讲故事,故事里总是你带路,我跟随。如果你一句话也不说,我就告诉自己,那是因为,天使就是无言的。天使先行,女人随行。天使睁着眼,他能看见;

---

[1] 语出华兹华斯的诗《廷腾寺》(杨德豫译名)。

女人闭着眼,还沉浸在尘世的睡梦里。[1]这就是我为什么一直等着你引导我,帮助我。"

房子前门是锁着的,但是院子门开着。碎玻璃还没有打扫,弗洛伦斯房间的门还斜挂在门框上。我看着脚下,小心翼翼地踩过去,还没准备好去看房间内部,还没这个力气。

厨房门没有锁。他们没找到钥匙。

"进来吧。"我对维克尔说。

屋里还是那样,但又有点不一样了。厨房里有些东西换了摆放位置。我的伞挂在一个我从没挂过的地方。沙发被挪动过,露出地毯上的一块旧污渍。而且空气中有一股奇怪的气味:不只是烟味和汗味,还有种我说不出来的辛烈刺鼻的气息。我暗想,他们在每一样东西上都留下了记号:好一手细活儿。这时候,我想起了我桌上的文件夹,这封信,目前为止写下的这一大摞。完了!我心想:那肯定也躲不过了——脏污的手指翻着页,没有爱意的眼睛检视着那些袒露心迹的文字。

"扶我上楼。"我对维克尔说。

文件夹我上次写完信是打开的,现在合上了。档案柜的锁被弄坏了。书架上留下了空缺。

那两间闲置房间的门锁都被撬开了。

他们也搜查了壁橱和五斗柜。

---

[1] 奥古斯丁把世界分为"上帝之城"和"尘世之城"。

没有什么东西没被动过。就像上次遭贼的时候一样。搜查只是一个借口。真正的目的是探摸,捏弄。一种恶毒的心理。就像强奸:以此来玷污一个女人。

我转头看向维克尔,说不出话,胃里直犯恶心。

"楼下有人。"他说。

走到楼梯口,我们听到有人在打电话。

那声音停了下来。一个穿制服的年轻人出现在门厅,向我们点头。

"你在我的房子里干什么?"我朝下面大声问道。

"就是看着这儿,"他欣欣然回答我,"我们不想让不相干的人进来。"他收拾起帽子、外套,还有一把步枪。我闻到的味道是不是就来自这把步枪?"警探八点钟会到,"他说,"我到外面去等。"他脸上浮起一个微笑;似乎他觉得他是为我提供了一次服务;似乎他还在等着我谢谢他。

"我得洗个澡。"我对维克尔说。

但我并没有去洗澡。我关上卧室门,吃了两颗红色药片,浑身发着抖躺到了床上。我抖得越来越厉害,抖成了暴风雨中的一片树叶。我很冷,但发抖并不是因为冷。

一次坚持一分钟,我对自己说:现在不要崩溃;下一分钟再说。

慢慢地,我缓和了下来。

人,我想,是唯一一种这样的生物,他的存在有一部分是处于未知之中、未来之中的,那就像投在他面前的一道影子。他一直试图追上那道移动的影子,安身在那个他翘首以盼的图景里。但是我,我没有条件当一个人了。我现在是某种更渺小,更盲目,更贴近地面的存在。

敲门声响起,维克尔走了进来,后面跟着昨天穿驯鹿套头衫的那个警察,今天他穿了一件夹克,打着领带。我又开始发抖了。

他示意维克尔离开房间。我坐起身。"不要走,维克尔先生。"我说;然后转头向他问道:"你们有什么权利待在我家里?"

"我们很担心您,"他脸上根本没有担心的样子,"您昨晚去哪儿了?"没等到我的回答,他接着说,"您确定您一个人没问题吗,柯伦太太?"

虽然我握紧了拳头,但我还是控制不住发抖,简直都要抽搐了。"我不是一个人!"我冲着他喊道,"你自己才是一个人!"

他神色不惊。相反,他那样子像在鼓励我说下去。

振作一点!我心里想着。他们会把你关起来,他们会说你疯了,然后把你带走!

"你来找我有什么事?"我平静了一些,问道。

"我只是想问几个问题。您是怎么遇到那个叫约翰内斯的男孩的?"

约翰内斯:这是他的真名吗?肯定不是。

"他是我用人儿子的一个朋友。一个校友。"

他从口袋里掏出一个小型卡式录音机,放在床上离我很近的地方。

"那您用人的儿子在哪里?"

"他死了,已经下葬了。你们肯定知道这些事。"

"他出什么事了?"

"他在棚户区被枪打死了。"

"您还知道其他这样的人吗?"

"其他什么人?"

"其他朋友。"

"成千上万。多到你数不过来。"

"我的意思是,那个小团体里的其他人。还有其他人用过您的房间吗?"

"没有。"

"您知道这些武器是怎么到他们手里的吗?"

"什么武器?"

"一把手枪,三根雷管。"

"我不知道什么雷管。我连雷管是什么都不知道。那把手枪是我的。"

"是他们从您这儿偷走的吗?"

"我借给他们的。不,不是给他们,是给这个男孩,约翰。"

"您借给他那把枪?那把枪是您的?"

"是的。"

"您为什么借给他那把枪?"

"为了让他保护自己。"

"在谁面前保护自己,柯伦太太?"

"在攻击面前保护自己。"

"那是把什么类型的枪,柯伦太太?您可以让我看一下许可证吗?"

"我对枪的类型完全不懂。很久以前我就有这把枪了,那时候还没有许可证这类麻烦事儿。"

"您确定那把枪是您给他的?这可是一桩会遭到起诉的违法行为。"

药片开始起效。我背上的疼痛越来越微漠,四肢松弛了下来,视线再次舒张开。

"你真的打算继续说这些没用的吗?"我说着又躺下了,闭上了眼睛。我的脑袋晕晕的。"我们是在谈论两个已经死掉的人。你不能再拿他们怎么样了。他们没有危险了。你们已经完成了任务。为什么还要多此一举搞个审判?为什么不结案完事儿?"

他拿起录音机,摆弄了一下,又放回枕上。

"只是核实一些情况。"他说。

我无力地把录音机推开。他在它掉到地板上之前接住了它。

"你们搜查了我的私人文件,"我说,"你们拿走了属于我的书。把书还给我。把所有的东西都还给我。所有我的东西。这些东西跟你们无关。"

"我们不会把您的书吃掉的,柯伦太太。到时候所有的东西都会还给您的。"

"我不要'到时候'再还给我。我要现在就还给我。那是我的东西。是私人物品。"

他摇了摇头。"这不是私人物品,柯伦太太。您知道的。现在没什么东西是私人物品了。"

无力感已经蔓延到了我的舌头。"你走吧。"我含混不清地说。

"最后几个问题。您昨天晚上在哪里?"

"和维克尔先生在一起。"

"这位就是维克尔先生吗?"

我非常艰难地抬起眼皮。"是的。"我咕哝着。

"维克尔先生是什么人?"随后是另一种完全不同的语调,"*Wie is jy*?"[1]

"维克尔先生在照顾我。维克尔先生是我的左右手。到这

---

1 南非荷兰语:你是谁?

儿来，维克尔先生。"

我伸出手去，摸到了维克尔的裤腿，再是他的手，那只指头蜷曲的、残疾的手。我以我僵直、嶙峋、苍老的手紧紧握住了它。

"*In Godsnaam.*"[1] 我模糊地听见那警探的嘀咕声。以上帝的名义：这仅仅是非难，还是对我们俩的一句诅咒？我的手松弛下来，意识开始迷离。

一个词出现在我眼前：Thabanchu[2], Thaba Nchu。我努力集中精神。九个字母，它是哪个词的变位词？我用尽力气也只来得及把 b 换到了最前面。然后我就不省人事了。

我醒的时候口干舌燥，头脑昏沉，浑身疼痛。钟就在我眼前，但指针我却无法辨认。屋子里阒无声息，就像废弃的屋子一样安静。

Thabanchu：banch（领队席）？bath（洗澡）？我笨手笨脚地从裹着我的被子里挣脱出来。我是不是得去洗个澡？

但我的腿并没有把我带向浴室。我抓着栏杆，佝着腰，呻吟着走到楼下，拨通了古古来图的电话。铃声持久地响着。最后终于有人拿起话筒，一个孩子，一个小姑娘。"塔巴内先生

---

[1] 南非荷兰语：以上帝的名义。
[2] 南非语系里有 Bantu 一词，指南部非洲的语系和族群，在南非种族隔离期间也是对黑人的一种冒犯性统称。而 Thabanchu 和塔巴内先生的名字 Thabane 很接近。

在吗?"我问道。"不在。""那我可以和姆库布列基夫人说话吗?不,不是姆库布列基夫人,是姆库布克里夫人。""姆库布克里夫人不住这儿。""那你认识姆库布克里夫人吗?""嗯,我认识他[1]。""姆库布克里夫人?""嗯。""你是谁啊?""我是莉莉。"莉—莉。"家里就你一个人吗?""还有我妹妹。""你妹妹几岁了啊?""六岁。""那你呢,你几岁了?""十岁。""你可以给姆库布克里夫人带个口信吗,莉莉?""嗯。""是她的弟弟塔巴内先生的事儿。她一定得转告塔巴内先生,让他当心。你说这很重要。塔巴内先生需要当心。我的名字是柯伦太太。你可以写下来吗?我告诉你我的号码。"我把号码报给她,还有我名字的拼写。Mrs. Curren(柯伦太太):九个字母,是什么词的变位词?

维克尔敲门进来。"你想吃点什么东西吗?"他说。

"我不饿。但你想吃什么请随便,你可以去找找。"

我想一个人待着。但他在我房间里磨蹭,好奇地看着我。我坐在床上,戴着手套,膝盖上放着写字板。我已经面对着我眼前这张白纸坐了半个小时。

"我只是在等我的手暖和起来。"我说。

但我不能动笔不是因为冰冷的手指,是因为我服用的那些

---

[1] 原文是代词 him,表明莉莉的英语仍有语法错误。

药片——我现在吃得更多,也更频繁了。它们就像烟雾弹。我吞下它们,它们便在我体内释放一股烟雾,涤荡一切的烟雾。我服了药就很难继续写下去。所以,没有痛苦就没有写作:一条新定律,一条可怕的定律。只不过,我服药之后,也就没什么东西是可怕的了:凡事都可淡然置之,一切都没有区别。

然而我还是在写。夜深人静之际,维克尔正在楼下熟睡,我铺开信纸,想再跟你说说那个"约翰",那个阴沉的、我从未喜欢过的男孩。我想告诉你,虽然我不喜欢他,但他仍然在我身边,比贝奇死后的在场更清晰、更锐利。他仍然与我同在,或者我仍与他同在:他,或他的踪影。现在是半夜,但也是他最后那个黯淡的早晨。我的肉身坐在自己的床上,而我的魂魄飞到了弗洛伦斯的房间里,那里只有一窗,一门,除此以外无处可逃。门外有人在守候,如一群蹲伏的猎人,准备给这男孩送上他的死灭。他手里拿着枪贴在腿上——这一刻,他凭这把枪把猎人们挡在门外,而在他和贝奇的心里,这把枪曾是他们了不起的秘密,是他们成为男人的保证。我在他身旁站立着,或盘旋着。枪管夹在他两膝之间,他摸了又摸。他耳朵听着门外的低语声,我和他一道听着。他已经准备好迎接让人窒息的浓烟,把门踹开的大脚,还有会将他吞灭的子弹的洪流。他已经准备好在那一瞬间举起手枪,如果还来得及按下手指,朝着光亮的中心射出他的一枪。

他的眼睛一眨不眨,紧盯着那扇门,之后他将通过这扇门离开这个世界。他的嘴巴很干,但他并不害怕。他的心脏平稳地跳动,仿佛一只拳头在他的胸腔里一收一放。

他的眼睛是睁开的,而我虽然在书写,眼睛却是闭着的。我闭着眼睛是为了看见。

在这个片刻里不存在时间,他的心跳击退了时间。现在,我在自己的房间里独对长夜,可我所有的时间都与他同在,正如我跨越海洋与你同在,在你身边盘旋。

一段盘旋的时间,但不是永恒。一次时间的化生,一场悬停,随后,时间自会重新归位——门猛然打开,我们直面那耀眼的白光:之前是他,即将是我。

第四章

我做了一个关于弗洛伦斯的梦——一个梦,或是一个幻象。在梦里,我又看见她牵着霍普的手,背着比尤迪,大步流星地走在政府大道上。她们三个都戴着面具。我也在那儿,被一大群人围着,什么样的人都有。气氛像是节日。我将要进行一场表演。

但弗洛伦斯并没有停下来观看。她目不斜视地走了过去,像是路过一场幽灵的集会。

她面具上的眼睛像是古地中海画像上的那种大大的椭圆形眼睛,瞳仁分明:女神的一双杏眼。

我站在大路中间,正对着议会大厦,在众人的围观下表演我的火技杂耍。我头顶上是高大挺拔的橡树。但我的心思不在杂耍上。我留意的是弗洛伦斯。她的黑色外套和老气的裙子不见了，穿的是一件宽松的、随风飘动的白色连衣裙，赤着脚，没有戴头巾，露出右边的一只乳房。她大踏步地走过去，一个孩子小跑着跟在她身边，戴着面具，赤裸着身体，另一个孩子趴在她背上，一只手勾着她的肩膀，另一只手往前指着。

这个袒胸露乳、惊心夺目的形象，是哪一位女神显身？是阿芙洛狄忒[1]，但不是笑容可掬的、作为欢愉守护神的阿芙洛狄忒；是一个更古老的形象，急如星火，背负的是黑暗中短促而尖厉的咒喊，是鲜血与泥土，她在这一刻降临，现身，又一晃而过。

这位女神没有发出召唤，也没给出什么信号。她杏眼圆睁，但目光无所驻留。她看见了，又没有看见。

我站在火光里，做着我的表演，呆若木鸡。我身上的火焰仿佛一层蓝冰。我感觉不到痛。

这是我昨晚梦中的幻景，但在我梦醒之后依然清晰可见。那个女神永远是翩然而过，而我，永远陷在一种惊奇和遗憾的姿态中，没有跟随她。即使我拼命盯着产生幻象的那个旋涡，我也看不到女神和她的孩子身后还有别的人——本该有个跟在她们后面、头发是蛇形火焰的女人，一边拍打着自己的手臂，一边跳舞、哭喊，但她并不在。

---

[1] 阿芙洛狄忒（Aphrodite），古希腊神话中爱情与美丽的女神，也是性欲女神。

我向维克尔描述了这个梦。

"这是真的吗?"他问。

"真的?当然不是。这甚至都没有现实性。弗洛伦斯跟希腊没有任何关系。梦里的形象有另外一种意义。它们是某种象征,象征着别的东西。"

"她们真的是那副样子?她真的是那副样子?"他打断我的话继续追问,拒绝被带偏,"你还看到了什么?"

"还看到什么?那儿难道还有别的?你知道?"我的声音柔和下来,感觉自己倒是被他带着走了。

他摇摇头,一脸迷惑。

"从你认识我的第一天开始,"我说,"我就在河边等着。我等着有人给我指明过河的路。每一天,每一分钟,我都在这儿等着。我另外看到的就是这个。你也看到了吗?"

他没有说话。

"我之所以抗拒回医院,是因为在医院里他们会让我'一觉睡死'[1]。这是他们处理动物时的委婉说法,但有时候他们也会对人这么做。他们会让我无声无息地睡过去,连梦也不做。他们会喂我吃曼陀罗草[2],直到我逐渐昏迷,掉到河里,被淹死,被冲走。这么对我,我是永远过不了河的。我不能让这样

---

[1] put to sleep:安乐死的委婉说法。
[2] 曼陀罗草(mandragora):古代欧洲曾作为镇静剂和助眠剂使用。

的情况发生。我已经走得太远了。我不能闭上眼睛。"

"你想看的是什么？"维克尔问。

"我想看看你到底是什么人。"

他耸耸肩膀，显得有点腼腆。"那我是什么人？"

"一个男人，仅此而已。一个不请自来的男人。更多的我还说不上来。要么你来说说？"

他摇着脑袋。"不。"

"如果你想为我做点事情，"我说，"你可以把收音机的天线修好。"

"你让我把电视机搬到楼上去不是更好？"

"看电视我倒胃口，恶心得很。"

"电视不会让你恶心。那只是一些图像。"

"没有什么东西纯粹是图像。图像后面都躲着人。他们发送这些图像就是为了让人恶心的。你知道我在说什么。"

"图像不会让你恶心。"

有时候他就是这样：跟我抬杠，激怒我，挑战我的耐心，同时观察我是不是真的发火。这就是他逗弄我的方式，如此笨拙，如此无趣，我都忍不住想同情他。

"把天线修好，拜托你。不要你做别的。"

他下楼了。几分钟后，他抱着电视机一步一步地走了上来。他在对着床的地方把电源插上，把开关拧开，调了调天线，就站到一旁。正是下午时段。屏幕里一面旗子飘扬在蓝天下。铜管乐队奏着共和国国歌。

"把它关掉。"我说。

他把声音开得更大了。

"把它关掉!"我叫了起来。

他转过身,领受着我愤怒的目光。接着,让我没想到的是,他开始慢慢地摇摆起来。扭动着屁股,伸出双手,打着响指,他是在跳舞。我没看错,他是伴着我从未想过可以与之共舞的音乐在跳舞。他的嘴里还念念有词。念的是什么?自然不是我知道的那套歌词。

"关掉!"我再次大叫。

一个牙齿掉光的老太婆暴跳如雷:那肯定看不下眼了。他把声音调低了一点。

"关掉!"

他关了电视机。"别这么生气嘛。"他嗫嚅着。

"那就别犯傻,维克尔。别拿我开玩笑。别把我不当回事儿。"

"好吧,可你这么紧张干什么?"

"因为我害怕下地狱,害怕到了地狱耳朵里还没完没了地响着《南非的呼唤》[1]。"

---

[1] Die stem:1957—1994年南非国歌《南非的呼唤》,*Die Stem van Suid-Afrika*,简称 Die stem。

他冲我摇了摇头。"别担心，"他说，"一切都要结束了。要有耐心。"

"有耐心我也等不到了。你可能还等得到，但是我等不到了。"

他又一次摇头。"也许你也等得到。"他小声说，龇着牙冲我一笑。

那一瞬间我仿佛觉得天堂之门开了，白光正照射头顶。在悲伤的消息里活了一辈子，眼巴巴盼着喜讯的我，忍不住回了他一个微笑。"真的吗？"我说。他点了点头。像两个傻子一样，我们俩咧着嘴相视而笑。他一边打着响指，一边向我飞眼，又开始了他摇摆舞的舞步，活像一只笨拙的、皮包骨头的塘鹅。然后他就出去了，爬上梯子接通了断开的天线，我又能听收音机了。

然而又有什么可听的呢？如今电台林立，却只是各个国家用来售卖自己的私货，音乐已经被挤压得快没影了。我听着《一个美国人在巴黎》睡着了，醒来时听到的是莫尔斯电码持续的嘀嗒声。这是从哪里传来的？从漂在海面的船只上？从一条往返于沃尔维斯湾和阿森松岛[1]之间的老式蒸汽船上？那些"嘀"和"嗒"绵延不断，既不匆忙，也不犹豫，像是一条准

---

[1] 沃尔维斯湾（Walvis Bay）：位于纳米比亚西海岸的深水港。20世纪初期开始由南非占领，1990年纳米比亚独立之后，南非于1994年归还。阿森松岛（Ascension Island）：位于南大西洋的英国海外领地。英国在此建有通信基地。

备流到天荒地老的溪流。它们传出的是什么信息？重要吗？嘀嗒声轻响着，仿佛一场雨，一场意味深长的雨，带给我安慰，让这辗转反侧的、只靠药片迷糊一会儿的夜晚变得可以忍受。

我说我不想"一觉睡死"。事实却是，我只有在睡眠中才能忘记疼痛。撇开别的作用不说，迪克诺尔至少带来了睡眠或睡眠的假象。随着疼痛的消退，随着时间的加速，随着地平线的上升，我像放大镜一样集中在疼痛感上的注意力就能松懈一段时间；我可以做个深呼吸，伸开攥紧的手，伸直我的双腿。感谢这份仁慈，我对自己说：感谢这生病的躯体，即使它已死去活来；感谢这昏昏欲睡的灵魂，即使它半已出窍、开始漂浮。

但这种喘息的时间不会太长。阴云很快聚集，思绪开始纷乱，开始像一堆苍蝇一样密集冲撞。我摇着头，想把它们赶走。这是我的手，我一边对自己说，一边鼓起眼睛盯着手背上的静脉；这是我的床单。然后有什么东西像一道闪电一样被触发。一下子我好像消失了，而在下一刻我又回过神来，仍然盯着我的手。这样的走神也许持续一小时，也许只是一眨眼，我不知道我去了哪里，似乎是跟什么东西在缠斗，那东西又厚重，又强韧，好像是来自大海深处，它爬进我的嘴，缠住我的舌根。我浮出水面，像游泳的人一样甩着头。我的喉咙里一股胆汁的味道，一股硫黄的味道。疯了！我对自己说，这就是发疯的味道！

有一次我清醒过来的时候，发现自己正面对着墙壁。我手里握着一支铅笔，笔尖已经断了。墙上写满凌乱、歪斜的文字，意义不明，通通出自我手或我身体里某个人的手。

我打电话给赛弗雷特医生。"我对迪克诺尔的反应好像越来越厉害了，"我说，并且试着描述了一番，"我想问问，您能不能开点别的药给我？"

"我没想到您还把自己当作我的病人，"赛弗雷特医生回答道，"您应该来医院接受治疗。我不能在电话里进行手术。"

"我只是提出一个小小的要求而已。"我说，"迪克诺尔让我产生幻觉。就没有别的药是我可以吃的吗？"

"我说了啊，我不能没看到您本人就给您做治疗。这不是我的工作方式，也不是我的任何同事的工作方式。"

我沉默了好久，他可能都以为我把电话挂了。事实上，我是在沉吟。你难道不明白吗？我想说的是：我很疲惫，疲惫得快死了。*In manus tuas*[1]：我把我交到你手上，交由你来救治；如果你治不好，那也好好关照关照。

"让我问最后一个问题，"我说，"我的这种反应，别的病人也有吗？"

"不同病人的反应各有不同。不过，您的反应确实有可能

---

[1] 拉丁语：在你手里。

是迪克诺尔造成的。"

"那么万一哪天您改变主意了,"我说,"您能给米尔街的阿瓦隆药店打个电话,开一个新处方给他们吗?我对自己的病情没有幻想,大夫。我需要的不是治疗,只是减轻痛苦。"

"如果您哪天改变主意了想来找我,柯伦太太,不管白天还是晚上,您只需要拿起电话就行了。"

一个小时之后门铃响了。药店的送货员按照新处方送来了十四天的用药。

我打电话给药剂师。"泰勒宁[1],"我说,"是不是药效最强的?"

"您什么意思?"

"我的意思是,这是不是医生最后开出来的药?"

"药物没有这种说法,柯伦太太。没有最先和最后的说法。"

我吃了两片新药。再一次体验到疼痛渐渐消退的那种神奇,那种欣快感,那种重获新生的感觉。我洗了个澡,躺回床上,看了会儿书,迷迷糊糊地睡了过去。一个小时之后我又醒了。痛疼潜了回来,带着恶心感和熟悉的抑郁症状的苗头。

喧宾夺主之约:一阵光明之后是变本加厉的黑暗。

维克尔走了进来。

---

[1] 泰勒宁(Tylox):强效镇痛剂。

"我吃了新的药，"我说，"也没什么起色。可能药效略强；仅此而已。"

"多吃几粒，"维克尔说，"你用不着隔四个小时才吃一次。"

一个酒鬼的建议。

"我肯定乐得如此。"我说，"但是，如果我可以想吃就吃，那我为什么不一口气全吃掉算了？"

他不说话了。

"你为什么会选择我？"我说。

"我没有选择你。"

"你为什么到这里来，到我家来？"

"你没有养狗。"

"还有吗？"

"我觉得你不会给我找麻烦。"

"结果呢，我是个麻烦吗？"

他走到我的床前。他的脸有些浮肿，我能闻到他呼吸里的酒气。"如果你想让我帮你，我就帮你。"说着，他俯过身，用手卡住我的脖子，大拇指轻搭在我咽喉上，三根残疾的手指缩在我耳朵下面。"不要。"我小声说，推开了他的手。泪水在我眼里打转。我抓着他的手，在我胸前轻轻拍打，那种悲恸的姿势于我而言十分罕见。

片刻之后我平静下来。他没起身，继续把手借给我用着。

那条狗把鼻子伸到床沿上,嗅着我们。

"你可以让狗跟我睡吗?"我说。

"怎么了?"

"可以暖和一点。"

"他待不住的。我睡哪儿他就要睡哪儿。"

"那你也睡这儿。"

他下楼之后我等了很久。我又服了一片药。然后,楼梯口的灯灭了。我听见他在脱鞋。"把帽子也摘了吧,改变一下。"我说。

他在我背后躺下,就躺在被子上面。那双脏脚的味道飘了过来。他轻吹一声口哨;狗跳上床,又转着圈蹦跶几下,趴在了我的腿和他的腿中间。就像特里斯坦之剑[1],护人守节。

药片开始显效。有那么半个小时,他和狗都睡着了,我却平静地躺着,疼痛无影无踪,灵魂警醒、任意驰骋。一幅幻象浮现在我眼前:比尤迪骑在她妈妈的背上朝我走来,在上下颠簸中傲视前方。然后,这景象渐渐消散,变成了漫天尘云,博罗季诺的尘云,像死神座驾的车轮在我眼前滚滚而过。

我打开台灯。已是半夜。

我很快将白布遮面。留给你的,不是一份身体的报告,而

---

[1] 特里斯坦之剑:典出中世纪欧洲传奇故事,特里斯坦在和爱尔兰公主伊索尔德共居一室时,在两人之间插一把剑,以示清白。特里斯坦之剑在欧洲文化中是忠诚和清白的象征。

是一份寄寓在身体里的灵魂的报告。我不会将你不忍直视的东西呈露给你：一个女人在燃烧的房子里奔突，在每一扇窗口隔着栏杆呼救。

维克尔和他的狗，在这悲伤的洪流旁边睡得如此安稳。他们的职责已完成，只等我灵魂出窍。新人般优柔、盲目、无知的灵魂。

我现在知道他那几根手指是怎么残疾的了。是由于海上的一次事故。他们不得不弃船逃生。在忙乱中他的手指卷到了滑轮里，被夹碎了。他忍着剧痛，和另外七个男人以及一个男孩在一艘橡皮艇上漂流了一整晚。第二天，他们被一艘俄国拖网渔船救起，他的手才得到处理。但此时已经太迟了。

"你有没有学两句俄语？"我问他。

他说，他只记得一个词，就是 *xorosho*[1]。

"没人提到博罗季诺？"

"我不记得博罗季诺。"

"你没有想过留在俄国人那儿？"

他表情奇怪地看着我。

从那以后，他再也没有出过海。

"你不想念大海吗？"我问。

---

1 俄语：好的。

"我这辈子都不会再上船了。"他断然回答。

"为什么？"

"因为下一次我就不会这么幸运了。"

"你怎么知道？如果你心怀信仰，你都能在水上行走。你不相信信仰的力量吗？"

他沉默不语。

"或者也可能刮来一阵旋风，把你从水里卷起来，放到陆地上。而且海里总是有海豚。海豚会搭救溺水的水手，不是吗？不说别的，你当初为什么会想当一个水手呢？"

"有时候不可能想那么多的。你不可能什么都知道。"

我轻轻捏了捏他的无名指。"有感觉吗？"

"没有。神经都死了。"

我从未怀疑他有自己的故事要讲，现在他开始讲了，故事就从一只手的几根指头上展开。一个水手的故事。我相信这个故事吗？说实在的，我不在乎。哪怕是谎言，其核心也存在一些真实的东西。我们需要知道的仅仅是如何倾听。

他也在码头做过装卸工人。他说，有一天，他们在卸一个板条箱的时候闻到一股臭味，打开一看，发现里面有一具男人的尸体，一个饿死在藏身之处的偷渡客。

"他从哪里来的？"我问。

"东方。很远的地方。"

他也在动物保护协会的狗舍工作过。

"你就是在那儿喜欢上狗的吗?"

"我跟狗一直关系很好。"

"你小时候养过狗吗?"

"嗯哼。"他说。一个不置可否的回答。很早以前他就想好了,我的问题他可以选择听见或者没听见,都不要紧。

尽管如此,我还是一点一点地拼凑出了一个平凡得不能再平凡的人生故事。我想知道的是,当大房子里的老妇人这一章结束时,会是什么样的生活等着他?一只手残疾了,别人给他的活儿都干不了。作为水手,打绳结的技艺也不在了。不再灵活,也不甚体面。到了人生的中途,身边也没有妻子。独自一人。*stoksielalleen*[1]:空地里的一根棍子,一个孤独的灵魂,茕茕孑立。谁将会照应他呢?

"我走了之后你一个人怎么办?"

"我继续过呗。"

"我知道你会继续过;但是谁会出现在你的生活里呢?"

他逊逊地笑了。"我生活里需要有个什么人吗?"

不是一个反驳,而是一个真正的问题。他是真的不知道。他是在向我发问,这个不成熟的男人。

"是的。我会说你需要一个妻子,如果这个想法不会让你惊掉下巴的话。甚至那个女人也可以,就是你带到这儿来过的

---

1 南非荷兰语:独自的。

那个。只要你心里对她有感觉。"

他直摇头。

"别介意啊。我谈的不是婚姻,而是别的东西。就算我答应一直照应你,我对我死了之后能做什么心里也没底。也许那边不允许再有照应,或者只能照应一点点。所有这些地方都有它们的规矩,不论我们有什么心愿,我们可能都会绕不开这些规矩。那边甚至可能都不允许有秘密,秘密地照应。到了那边,也许没办法在自己心里给你或者谁保留一个空间。所有的东西可能都会被抹掉。所有的。想到这一层我也很害怕。我都想立刻发难,想大声说:如果事情会变成这样,那我退出吧——这是我的门票,我不要了。但我非常怀疑,退还门票是不是会被允许,不管是以什么理由。

"这就是为什么你不应该这么孤家寡人的。因为我也许会离开得很彻底。"

他坐在床上,背对着我,用膝盖夹着狗的脑袋,弯下身子抚摸着它。

"你听懂我说的话了吗?"

"嗯哼。"这个"嗯哼"可能代表"是",但实际上等于什么也没说。

"不,你没有。你根本不懂。让我害怕的并不是你的孤独前景。是我自己的前景。"

他每天出门去购物。晚上,他做饭,然后在我边上转悠,看我吃了什么。我从来都不饿,却不忍心告诉他。"你在边上看着,我很难吃得下去。"我尽可能和婉地说,然后把食物藏起来,最后都喂了狗。

他最喜欢做的餐点是蛋液煎白面包,面包上放金枪鱼肉,再挤上番茄酱。我真希望自己有先见之明,早点给他上上烹饪课。

虽然他可以在整个房子里活动,但实际上,他是和我一起住在我的房间里。他把空袋子、旧包装纸什么的就扔在地板上。一起风,这些东西就像幽灵一样四处乱飞。"把垃圾扔出去。"我央求他。"我会的。"他答应着,有时候确实扔了,但随后又丢下更多。

我和他睡在一张床上,一人一边就像一张纸一折为二,就像一对收拢的翅膀:如老友,如同袍,如连理,如并蒂。*Lectus genialis, lectus adversus.*[1] 他脱了鞋我看见他的脚指甲,黄色,接近褐色的趾甲,就像足尖长了角。他的脚不敢沾水,因为他害怕跌落:跌入无法呼吸的深海里。一个陆上生物,一个空中生物,就像莎士比亚笔下用蟋蟀骨头做鞭杆、蜘蛛丝做鞭绳的蝗虫仙子。[2] 它们万头攒动,乘着风飘向大海,看不见陆地了,飞累了,就挨肩叠背地,决心以它们巨大的种群填满大西

---

1 拉丁语:婚床,对榻。
2 见《罗密欧与朱丽叶》第一幕第四场。

洋。最后，它们全都被吞没了。纤弱的翅膀在海底簌簌作响，犹如一片树叶婆娑的森林；死去的眼睛不可计数；螃蟹在它们之中爬行，钳住它们的身体，磨成碎片。

他打呼噜。

你母亲是在她的影子丈夫身旁给你写信。如果这个画面冒犯了你，请原谅我。人必须爱离他最近的人。人必须爱眼前人，像一条狗那样去爱。

维太太。

9月23日，春分。雨水绵绵，阴沉的天幕低低地压在山脉上空，似乎伸出一根扫帚就能碰到。一种舒缓、沉静的声音，像一只大手，一只水做的手，包裹着整个房子；瓦片上的滴答声，水沟里的潺潺声，都不再是噪声，而成了浓稠的、液态的空气的流动。

"这是什么东西？"维克尔问道。

他拿着一个带铰链的红木小匣子。打开盖子以某个角度对着光线，就会显露出一个留着长发、穿着老式西装的年轻人。换个角度，这幅图像又会在表层玻璃下面褪变成银色的条纹状。

"这是很古老的相片。那时候相片还不能冲洗。"

"这人是谁？"

"我不是很清楚。可能是我爷爷的一个兄弟。"

"你家里跟个博物馆似的。"

(他一直在警察破门而入的那两个房间里晃荡。)

"博物馆里的东西都有标签。我这个博物馆里标签都七零八落了。一个正在腐烂的博物馆。一个应该送到博物馆去的博物馆。"

"你应该把这些老东西卖了，如果你不想要了的话。"

"如果你想卖，就拿去卖吧。连我一起卖了。"

"什么意思？"

"我有骨头。我有头发。我的假牙也可以卖。除非你觉得我一钱不值。可惜我们没有一辆手推车，就是孩子们推着盖伊像[1]到处跑的那种车子。你可以在我胸前钉一个字母，把我推到政府大道上去。然后你可以在那儿把我点了。或者你也可以把我带到一个更隐蔽的地方，比如垃圾堆什么的，把我扔在那儿。"

他以前想抽烟的时候会到阳台上去抽。现在他就在楼梯口抽，烟味都飘回了我的房间。我无法忍受。但现在是时候开始习惯我无法忍受的东西了。

他有次看到我在洗脸池里洗内衣。我弯腰的时候得忍着痛：那个样子一定很狼狈。"我来帮你洗吧。"他主动提出。

---

[1] 盖伊（Guy）像：盖伊·福克斯（Guy Fawkes）是1605年计划炸掉英国上议院的"阴谋组织"的成员，事败后被处死。英国儿童在每年的11月5日会庆祝"盖伊·福克斯之夜"（或叫篝火之夜、焰火之夜），节目有燃放烟花，点燃篝火，炱烧象征盖伊·福克斯的套着旧衣服的草人。

我拒绝了。可后来我却无法够到晾衣绳，只能让他来帮我晾：一个老太婆的内衣，无精打采，灰不溜秋。

在我痛得最厉害的时候，我浑身颤抖、脸色苍白、冷汗直冒的时候，他有时候也会握着我的手。我在他的手里挣扎扭动，像一条咬钩的鱼；我知道我的脸看上去很吓人，那种表情大概有点像人做爱时那种狂热的表情：兽性，粗野。他不喜欢这副表情，他会把脸转过去。至于我，我心里想：就让他看着吧，有一个人知道我这副模样也好！

他的口袋里揣着一把刀。不是折刀，而是一把刀刃插在软木鞘里的尖刀。他上床的时候会把刀放在旁边的地板上，跟他的钱放在一起。

所以我不缺保护。死神在跨过这条狗和这个男人之前也要三思。

"拉丁语是什么？"他问我。

一门死掉的语言，我回答他，一门死人说的语言。"真的吗？"他说。这个说法似乎让他觉得很新鲜。"是的，真是这样，"我说，"如今你只能在葬礼上听到了。葬礼上，或者少数婚礼上。""你会说吗？"我背诵了几句维吉尔，维吉尔关于不安的死者的诗句：

nec ripas datur horrendas et rauca fluenta
transportare prius quam sedibus ossa quierunt.

centum errant annos volitantque haec litora circum;

tum demum admissi stagna exoptata revisunt.[1]

"什么意思?"

"意思是,如果你不把信寄给我女儿,我就要承受一百年的苦难。"

"不是吧。"

"就是。*Ossa*[2]:这个词就是日记的意思。你人生中的时日被刻写在这上面。"

后来他又来了。"再说说拉丁语吧。"他对我说。我念诵着诗行,看到他一边听一边翕动着嘴唇。他在记诵,我心想。但并非如此。那是格律的顿挫在他体内激荡,有力地带动了他的脉搏,他的喉咙。

"你就是教这个的?这就是你的工作?"

"是的,这就是我的工作。我以此为生。让死者被听见。"

"那谁付你钱?"

"纳税人。南非人民,无分贵贱。"

"你可以教我吗?"

---

[1] 出自《埃涅阿斯纪》第六卷,杨周翰译文如下:在他们的尸骨没有得到安息的处所之前,是不准把他们输送过这可怕的河滩和咆哮的急流的。他们必须在河岸的附近徘徊游荡一百个年头,只有到了那个时候才准许他们回到他们所盼望的河岸边来。见《埃涅阿斯纪》,杨周翰译,译林出版社,1999,150页。

[2] 拉丁语:骨头。

"我本来是可以教你的。罗马人的大部分东西我都可以教你。希腊的我不是很确定。我现在也可以教,但是可能没时间讲完了。"

他很欣喜,我看得出来。

"你会发现拉丁语挺容易,"我说,"会有很多东西你是记得的。"

又一次发起挑战,又一次暗示他:我知道。我就像一个女人面对着偷偷养了情妇的丈夫,一边责骂他,一边又哄骗他坦白。但我的暗示对他没有作用。他并没有隐藏什么。他的无知是真的。他的无知,他的无辜。

"有些东西不肯出来,是不是?"我说,"为什么你不先随口说一说,然后看看词语会把你带到哪里?"

但他是处在一道他跨越不了的门槛上。他站在那儿畏葸不前,一言不发,躲在香烟的烟雾后面,眯缝起眼睛好让我盯不上他。

那条狗先是围着他转,又跑到我脚底下,跑来跑去,没个消停。

有没有可能这条狗才是被派来的,而不是他?

我估计,你永远也没机会看到他。我本来想给你寄一张照片,但我的相机在上次家里遭贼的时候被偷了。无论如何,他不是那种上相的人。我看到过他身份证上的照片。他看上去就像一个囚犯,一个从黑暗的牢房里被拖出来、扔到一个灯光刺眼的房间，然后被推到墙边、在呵斥声中站好的囚犯。被蹂躏之后再强行拍照。像是一个那种传说中的生物：它们正要隐入灌木丛时，在照片上留下一个模糊、朦胧的影像，可能是个人，可能是头野兽，也可能仅仅是感光剂上的一个疵点：没有它们存在的证据或证词。或者，像是没来得及走出取景框，被快门捕捉到的一只胳膊、一条腿或一个后脑勺。

"你想去美国吗？"我问他。

"干什么？"

"帮我把信带过去啊。不用邮寄，你可以亲自送过去：飞到美国，再飞回来。那会是一场冒险。比坐船好。我女儿会来接你，并且照顾好你。我提前买好机票。你会去吗？"

他笑了笑，倒是没有露怯。但我知道，我的玩笑碰到了他的痛处。

"我是认真的。"我说。

可事实是，这不是一个认真的建议。维克尔剪了头发，穿着新衣服，在你的客房里坐立不安，极度渴望喝上一杯，又羞于启齿；而在隔壁房间里，你的孩子睡了，你的丈夫睡了，你屏气凝神地读着这封信，这份忏悔，这些疯话——想想这个场景就让人头皮发麻。我不需要这个，你咬着牙嘟囔着，我就是为了摆脱这些东西跑到这儿来的，为什么它们非得跟着我？

闲来无事的时候，我总是翻看这些年来你从美国寄来的照片，细看照片中的背景，看那些在你按下按钮的一刻有意无意出现在取景框中的东西。比如说,在你寄来的那张两个男孩划着独木舟的照片中,我的目光从他们的脸上,漫游到了湖面泛起的涟漪和深绿色的冷杉树林,然后又回到他们身上像老式浮袋一样的橙色救生衣上。它们表面那种不反光、不发亮的色泽让我恍然失神。橡胶、塑料或是介于二者之间的东西:某种手感粗涩、坚韧的物质。为什么这种对我来说很陌生,也许对人类来说也很陌生的材料,这种被塑形、密封、膨胀、绑在你的孩子身上的东西,在我看来就极大地代表着你现在生活的那个世界?为什么它会让我心情低落?我不明所以。但是,既然这番书写已经一次又一次地将我从一片茫然中带到领悟的门口,我也不妨试探着给出一个回答:让我失落的可能是,我知道你的孩子永远不会溺水。那么多的湖泊,那么广的水域:一片不测之渊;然而,即使他们一不小心从独木舟里翻了出来,他们也将依靠他们鲜艳的橙色翅膀安全地漂浮在水上,只需等一艘摩托艇过来救起他们、送他们上岸,什么事也不会有。

这是"一处休闲场所",你在照片背面写着。驯服的湖泊,驯服的森林,被重新命名了。

你说你不会再要孩子。那么,那根线也就此中断:这两个男孩——这两颗落生于美国的冰雪里的种子,虽然他们永远不会溺水,他们的预期寿命是七十五岁或更高,但那根线就在他们身上断了。即使我,我是活在一个洪水能吞没成年人的岸畔,一个平均寿命每年都在下降的地方,正在无明中等着死去。这两个被剥离了忧患、在休闲场所划着船的可怜孩子能期待些什么呢？他们会活到七十五岁或八十五岁，死时仍和出生时一样愚蠢。

难道我盼着我的孙子去死？此时此刻，你是不是满脸憎恶，把这页纸扔得远远的？这个老女人疯了！你是不是在尖叫？

他们不是我的孙子。不管以什么名分，他们要算作我的孩子都离得太远了。我身后没有留下一个繁茂的家族。一个女儿。一位良人和他的狗。

我决没有盼着他们去死的意思。那两个和我的生命有过交集的男孩不管怎样都已经死了。不用说，我希望你的孩子活得好好的。但你绑在他们身上的翅膀并不能保证他们活着。活着是双脚踩在泥里。活着是一头栽在泥里。活着是啃一嘴泥。

或者：活着就是溺水。落入水中，直沉到底。

当我在最私密的事情上都不得不依靠别人的帮忙，我的时间就快到头了。那时，也就该给这个悲伤的故事画一个句号。不是说我怀疑维克尔帮不上忙。在最后的时刻来临之际，我对他已不再有任何怀疑。他心里还是一直悬着一份对我的关切的，即便有时候不太靠得住，而他也不知道怎么表达。我已经倒下，是他扶住了我。我现在明白，他出现在我身边，并不是他在寻求我的照料，也不是我要依靠他的搀扶；是我们同时倒向了对方，然后在这种对彼此的使命中颠顿腾挪，相濡以沫。

当然他远远不是一个我想象中的护理人，一个 *nourrice*[1]，一个监护者。他是个枯涩之人。他喝的不是水，而是火。也许这就是为什么我不能想象他有孩子：因为他的精液可能也是干枯的，干而黄，像花粉，或者就像这个国家的尘土。

我需要他的在场，他的安慰，他的帮助，而他同样也需要帮助。作为男人，他需要的帮助只有一个女人才能给他。不是一种引诱，而是一种引导。他不知道怎样去爱。我说的不是让人心荡神摇的那种爱，而是更简单的东西。他不知道怎样去爱，就像一个少年不知道怎样去爱。不知道拉链、纽扣和别针的要领。不知道事物各有自己的位置。不知道怎么做他必须做的事。

终点离得越近，他就越忠诚。但我仍然得手把手教他。

我记得那一天，我们坐在车里，他拿出一盒火柴递给我说，动手吧。我对他大发雷霆。但我是不是做过分了？现在，我似乎已经明白，他对死亡的理解，不会比一个处女对性的理解更多。只不过都有同样的好奇。狗也是带着这种好奇去嗅探一个人的裆部，摇头摆尾的，耷拉出来的红色舌头好似一条蠢笨的阴茎。

昨天，他扶我进浴缸的时候，我的浴袍不小心敞开了，我

---

[1] 法语：哺育者；保姆。

看到他在盯着我。就像米尔街的那些孩子：举止失礼。礼这种东西不太好解释，却是所有伦理的基础。人，有所不为。我们不会盯视灵魂正在飘离的身体，而是以泪水覆盖我们的视线，或用手遮挡我们的眼睛。我们不会盯视伤疤，因为灵魂也曾想从那里挣扎着离开，即使又被摁住，封闭，缝堵起来。

我问他是不是还在喂猫。"在喂的。"他说。他在撒谎。猫已经跑了，被撵走了。我还关心它们吗？不，我不再关心了。在我关心过你，关心过他之后，我的心里已没留下什么空间了。其他的东西，就像有句话说的，让它们自生自灭吧。

昨晚，寒冷渐渐入骨，我想把你召出来说再见。但你不肯来。我轻声念叨着你的名字。"我的女儿，我的孩子。"我向着黑暗中喃喃召唤；可浮现在我面前的是一张相片：是你的图像，而不是你。断了，我想：这条线也断了。现在我失去了所有的支撑。

但我还是入睡了，醒来时还在这里，而且早上感觉精力十足。所以，也许不只是我一个人在召唤。也许我越来越冰冷是因为有人隔着海洋在召唤我的灵魂起程，而我无从知晓。

如你所见，我依然深信你的爱。

很快，我将从你身上解下这话语的绳索。没有必要为我难过。不过，劳神替我身后这个男人考虑一下，这家伙不能下水，也还不知道如何上天。

我在昏睡中被冷醒：我的腹腔，我的心腔，我的每一块骨头都是冷的。通往阳台的门敞开着，门帘在风中翻飞。

维克尔站在阳台上，呆望着外面那片簌簌作响的林海。我轻抚着他的胳膊，他高耸、瘦削的肩膀，还有他嶙嶙的脊骨。我牙齿打着战，问他："你在看什么？"

他没有回答。我往前站了站。我们脚下是一片辽远的黑影，那道树叶的屏障在摇摆、呜咽，犹如黑暗身上的鳞片。

"时候到了？"我说。

我回到床上，回到冰冷的被窝中那个洞穴里。门帘分开；他进来在我身边躺下。我头一次闻不到他身上的任何气息。他用双臂将我抱住，死死地抱紧，我一下子就吸不上气来。从这个拥抱中我已得不到一丝温暖。

1986—1989

注释

[一]

V.H.M.C.：库切的母亲，全名维拉·希尔德雷德·玛丽·库切，1985年3月6日死于心脏病，去世前有一段糟糕的病痛期。

Z.C.：库切的父亲，全名撒加利亚·库切，1988年6月30日死于喉癌。《黑铁时代》末尾注明写作年代为1986—1989年，正是库切经历父母先后过世的打击的一段艰难时期，读者不难从书中人物的设定、爱、病痛、死亡的主题，联想到库切自己的生活和心境。（另外，库切的前妻菲利帕·贾伯于1990年7月13日过世，在库切写作此书初稿期间，她已确诊乳腺癌，最后死于癌细胞扩散。库切与菲利帕离婚后关系良好，一对儿女与母亲很亲近，菲利帕死前指定库切为遗产执行人。虽然此书在菲利帕去世之前完成，并没有题献给她，但也可以想见她的患病对此书的影响。）

N.G.C.：库切的儿子，全名尼古拉斯·盖伊（塔尔伯特）·库切，卒于1989年4月22日，年仅23岁。尼古拉斯的死因是坠楼，但在调查中既无自杀或意外的证据，亦无他杀的证据，最后警方是以自杀结案。虽然尼古拉斯生前与父亲库切有隔阂，库切依然为儿子之死悲痛万分。《黑铁时代》之后，库切在小说《彼得堡的大师》中即从自身情感出发，虚构了一段陀思妥耶夫斯基追寻儿子死因的故事。(参见《J.M.库切传》，J.C.坎尼米耶著，王敬慧译，浙江文艺出版社，2017)

[二]

"一位上宾，偏偏在这个日子像根荆条一样到访"：原文"A visitor, visiting himself on me on this of all days"，在 visit himself on me 这个英语表达中，visit 是"降罪；惩罚；使遭受（痛苦、报应等不好的事情）"的意思，因此这句话直译应为：一个访客，偏偏在这个日子把他自己罚给了我。从英语原句理解，维克尔此时既是一个惩罚的施动者，又是一个惩罚本身，因此那个 visitor 所指代的就不是一个一般的访客，而像是背负着某种更高的职能，比如，（不受待见的或不称职的）天使或使者。这个形象也符合或者说点明了维克尔在整个故事中模棱两可的身份：既是一个救助者，又是一个受助者；既是一个神秘人物，又是一个大俗物。而最终，他也确实成了一个名副其实的死亡使者。(可参见 Kay Sulk, "Visiting himself on me"-the angel, the witness and the modern subject of enunciation in J.M. Coetzee's age of iron, Journal of Literary Studies, 2002,18:3-4, 313-326) 当然，柯伦太太这句话是带着调侃的文字游戏，所谓"惩罚"也只是一种自嘲，所以此处没有按原文直译，而是模仿了那种语气，改用"荆条"这个既能意指寒碜、褴褛又能象征惩罚的形象来代替，但并不能完全传达原文那种既透明又微妙的多义性。

[三]

弗洛伦斯：Florence，既做人名，又是意大利城市佛罗伦萨之名。在故事中，弗洛伦斯这个名字也是柯伦太太的这位女佣的假名，因此也像维克尔的名字一样具有某种象征意义。我们可以从柯伦太太古典学者的身份以及书中多处与但丁《神曲》的互文中确立一个视角,即弗洛伦斯之于柯伦太太,与佛罗伦萨之于但丁,这二者之间有某种复杂的可比性。毕竟,但丁本人就是将佛罗伦萨拟人化的。但丁对佛罗伦萨的爱与痛心,他对佛罗伦萨的依恋,佛罗伦萨对他的审判以及与他之间的隔阂,都能在柯伦太太与弗洛伦斯身上找到某种可以成立的对应。仅就"只有弗洛伦斯才有资格拥有族人"这句话而言,柯伦太太也是一语双关,因为people 既有"族人"意,也有"人民"意,字面意义上这句话也就可以理解为"只有佛罗伦萨才有资格拥有人民"。

[四]

维克尔:Vercueil,这个名字在南非荷兰语中是不存在的,所以柯伦太太说"以前从没听到过有人叫这个名字"。因此,这也是作者创造的一个名字。这个名字能让人联想到南非荷兰语中另外两个音、形相近的词汇:verskuil(隐瞒)、verkul(欺骗)。但更重要的是,这个名字还让稍具古典文学知识的读者想到古罗马诗人也是《神曲》中但丁漫游地狱和炼狱时的引路人:维吉尔(拉丁文 Vergilius,英文 Vergil 或 Virgil)。事实上,维克尔也确实被柯伦太太当成维吉尔在引路人意义上的替身,甚至就是维吉尔本人再世:第三章中,柯伦太太对维克尔说她一直依靠他的带领、寻求他的帮助和指引;第四章中,当她向他背诵维吉尔的诗句时,她甚至以为能以此唤起他前世的记忆。虽然在第三章的古古来图黑暗之旅中维克尔并未像但丁的维吉尔那样充当先行者和保护者,但他无疑仍在"隐瞒"和"欺骗"的面具之下完成了一个古典文学中的经典形象——或者说,就是古典文化本身——在现代南非的转换。

另外,也许可以补充说明的是,虽然柯伦太太(库切)有意不提维克尔的肤色,但从种种迹象来看,维克尔很可能是位黑人或有色人种天使,一位种族斗争中的局外人。

[五]

黑铁时代：the age of iron，这个概念在考古学上称为"铁器时代"，用来指称人类早期历史"三时代"的最后一个阶段（前两个时代是石器时代和青铜时代）。但作为本书书名，从柯伦太太古典学教授的身份来看，这个概念首先是来自古希腊诗人赫西俄德在《工作与时日》中对世界和人类历史在神话意义上的划分，即黄金时代、白银时代、青铜时代、英雄时代和黑铁时代这五个时代中最后一个，也是最黑暗的一个阶段。赫西俄德对黑铁时代的描述原文如下：

目光遥远的宙斯又创造了第五代人类，让他们生活在广阔的大地上。我但愿不是生活在属于第五代种族的人类中间，但愿或者在这之前已经死去，或者在这之后才降生。因为现在的确是一个黑铁种族：人们白天没完没了地劳累烦恼，夜晚不断地死去。诸神加给了他们严重的麻烦。尽管如此，还有善与恶搅和在一起。如果初生婴儿鬓发花白，宙斯也将毁灭这一种族的人类。父亲和子女、子女和父亲关系不能融洽，主客之间不能相待以礼，朋友之间、兄弟之间也将不能如以前那样亲密友善。子女不尊敬瞬即年迈的父母，且常常恶语伤之，这些罪恶遍身的人根本不知道畏惧神灵。这些人不报答年迈父母的养育之恩，他信奉力量就是正义；有了它，这个人可以据有那个人的城市。他们不爱信守誓言者、主持正义者和行善者，而是赞美和崇拜作恶者以及他的蛮横行为。在他们看来，力量就是正义，虔诚不是美德。恶人用恶语中伤和谎言欺骗高尚者。忌妒、粗鲁和乐于作恶，加上一副令人讨厌的面孔，将一直跟随着所有罪恶的人们。羞耻和敬畏两女神以白色长袍裹着绰约多姿的体形，将离开道路宽广的大地去奥林波斯山，抛弃人类加入永生神灵的行列。人类将陷入深重的悲哀之中，面对罪恶而无处求助。（引自赫西俄德《工作与时日·神谱》，张竹明、蒋平译，商务印书馆出版社，1991）

古罗马诗人奥维德在《变形记》中沿用了赫西俄德这一历史划分，

不过抽去了一个"英雄时代"。他对黑铁时代的描述与赫西俄德大同小异。

柯伦太太作为古典学者，面对贝奇和他的朋友对维克尔的粗暴举动，以及黑人居住区里的少年的暴力行径，再加上弗洛伦斯说他们没有父母、把他们比作"铁"，她从中看到赫西俄德所描述的黑铁时代的特征，是很自然的事情。随后她把弗洛伦斯称为"斯巴达主妇"，也表明她把这个时代比作赫西俄德所生活的那个古希腊时代。

"随后到来的将是青铜时代"：在赫西俄德的年代序列中，青铜时代是在黑铁时代之前的，而且他也没有提到时代循环的顺序和规律。因此，这句话应该理解为，这是柯伦太太对当下历史发展的判断，即在一个无父无母的黑铁时代之后，将进入兵刃相见的"青铜时代"。在赫西俄德那里，青铜时代的特征主要是诉诸蛮力："他们喜爱阿瑞斯制造哀伤的工作和暴力行为，不食五谷，心如铁石，令人望而生畏。他们力气很大，从壮实的躯体、结实的双肩长出的双臂不可征服。他们的盔甲兵器由青铜打造……"（同上）奥维德《变形记》中对青铜时代的描述是："……日子更加困苦，可怕的兵灾日逐频繁……"（引自奥维德、贺拉斯的《变形记·诗艺》，杨周翰译，上海人民出版社，2016）至于柯伦太太提出的"那些更为柔软的时代，黏土时代，泥土时代"，则更多的是一种诗性表达，是对以金属为时代命名的法则的厌弃。

不过，也许没必要太在意"黑铁时代""青铜时代"作为历史隐喻的象征意义，因为库切更多的是用"铁"这种金属来比喻时代和人性的特征。毕竟，在作者的手稿中，此书一开始曾被命名为《铁的规则》（*Rule of Iron*），后来他也考虑过用《寒冬》（*Winter*）这个名字（见《库切传》）。

[六]

此处"辱没"和"羞辱"两个词的原文都是 disgrace（作动词用），而

"羞耻"的原文是 ashamed（名词形式 shame）。"耻"是库切作品的核心主题，但这两个不同的范畴需要做一点区分。可以把 guilt, shame, disgrace 放到一起来梳理。guilt（内疚，负罪感）与 shame（羞耻）都是一种内生的意识，二者的区别在于，前者涉及规范、规则或禁令方面的失败（超我的领域），而后者涉及理想方面的失败（理想自我的领域）。换句话说，引发内疚、负罪感的主要是某种道德上的错误（行为规范上），而引发羞耻的主要是某种道德上的缺陷（自我价值上）。disgrace（耻辱，羞辱）则是一种外部施加的、人格和价值上的失败或惩罚，比如古代罪犯脸上的烙印所象征的那种状态，比如输给自认为不该输的人。在亚里士多德的定义里，羞耻就是耻辱的内化经验。他也认为羞耻心（相当于我们说的"廉耻"）是德行的前提。不过，在现实中，也存在羞耻和耻辱并不同一的情况，比如柯伦太太提到的《红字》里，海丝特虽然身背一个象征通奸的字母，但由于她并不认同这一惩罚的合理性，所以也不为此而羞耻。另一种情况是，并不存在外部施加的惩罚，但个人的良知也会为某种状态而感到羞耻。（可参见：J. M. Coetzee and ethics: *philosophical perspectives on literature*, edited by Anton Leist and Peter Singer, Columbia University Press, 2010, Part I）

在库切的《耻》（*Disgrace*）里，卢里虽然承受着身败名裂的巨大耻辱，但并不为自己的行为和欲望感到羞耻。他接受自己将活在一个"耻辱"状态（但不能说他是个不知"廉耻"的人）。而在《黑铁时代》中，柯伦太太为包括自己在内的整个南非白人阶层的行为和历史感到羞耻，但她在现实层面受到的羞辱在他人看来并非耻辱。她更多的是活在"羞耻"的状态里。

[七]

witdoeke：白衫党，在 20 世纪 80 年代南非的种族斗争中，黑人也分裂为不同的阵营。在开普省和自由邦省,有一部分青年支持南非民主统一战线和南非非洲人国民大会并发起抗议活动,这些被视为左翼力量的青年之间互称"同志",而敌视他们的人在警察的支持下组成了暴力民团,后者在头上、脖子上或手臂上缠上白布以表明身份,因此被称为"白衫党"。1986年5月到6月,在古古来图、克罗斯罗兹(Crossroads)的居住区,白衫党的暴力行动造成超过60人以上的当地居民死亡,6万人房屋被毁,无家可归。白衫党及其背后的领导人和派系被视为黑人保守势力。而南非的白人政治舞台在冷战背景和反殖民的大趋势下更是错综复杂。

库切在这一章中描述的黑人聚居区恐怖事件有充分的历史准确性,甚至接近于新闻报道。但他也通过柯伦太太之口表达了对叙述历史"真相"的怀疑。或者说,他会认为,叙述这样的现实"需要一根神的舌头"。(参见 Derek Attridge, "*To speak of this you would need the tongue of a god*":*Coetzee's Age of Iron,Township Violence,and the Classics*,《库切研究与后殖民文学》,蔡圣勤、谢艳明编,武汉大学出版社,2011,31—38)

[八]

塔巴内:Thabane,在南非荷兰语中与这个名字最相近的词是一个源自科萨语和祖鲁语的名词:iqabane/qabane,意思就是"同志"。如果这样看,那么实际上库切在这本书里设置的人物名字大部分都是有寓意的,只不过又都似是而非。也许南非读者的联想要更接近库切的本意。但是,如库切自己所言,这种寓意或相关性只是一种文字游戏,无须(也无法)给出定论。

[九]

库切对这场古古来图的黑暗之旅进行描述时与古典文本(比如但丁

的《神曲》、维吉尔的《埃涅阿斯纪》)的直接互文被很多论者所提及。比如此处的"圆形剧场(amphitheater)"和人群的"哀鸣(sigh)"就让人直接想到《神曲》中地狱的圆环形状和其中的死者灵魂的悲鸣和哭泣。其他较明显的互文还有:柯伦太太进入古古来图之前遇到的阿俄尔诺斯式的景象;弗洛伦斯把霍普(Hope)留在姐姐家,让人想到但丁进入地狱之门前要抛弃"希望(hope)";那个带路的小男孩与但丁和维吉尔进入地狱第六层时遇到的引路天使的相似性;柯伦太太与塔巴内先生进入村子之前要蹚过一片水洼,而但丁在进入地狱之门之后也要渡过一条阿刻隆河;等等。(参见 David E.Hoegberg, "*Where Is Hope?*" :*Coetzee's Rewriting of Dante in* "*Age of Iron*", English in Africa, Vol. 25, Rhodes University, 1998, 27-42)

译后记

一

库切的母亲对他写作的影响很大。他经常使用女性视角创作，母子关系也是他的主题之一。从库切的写作手稿中，我们得知，《黑铁时代》里的柯伦太太原本完全以库切的母亲为原型：南非种族隔离的历史情境之下，一个在儿子的眼里私德上无可指摘，但在公德上困境重重的白人女性（见大卫·阿特维尔《用人生'写'作的 J.M. 库切：与时间面对面》一书相关章节）。不过，经过几次重写，最后她成了一个双重形象，母亲的另一面是一个更像库切自己的知识分子。

虽然是主观视角的人物，仍可以用粗略的线条勾勒一下柯伦太太的思想轮廓：首先，她是个审美的人。物质的意义对她而言主要在于体现世界的美：海湾、山脉，以及保存记忆：老房子、旧汽车，还有照片。她希望传承的不是遗产，而是一种情感。她倾心于符号的乐趣：音乐、文字韵律，视巴赫为圣神。也欢迎一种身体性的愉悦，比如冲坡滑行。可以说，在审美方面，她有一种纯粹性，不过不是唯美主义的那种纯粹性，因为她还有明确的伦理关切（人通过审美灵魂相通），就像她养猫，更多的还是伦理的，而不是审美的。当然，她也有对自己中产阶级身份和品味的反思。其次，在认识论上，她是个理性的怀疑主义者/怀疑的理性主义者。她的思考方法是提问、推进、再提问。从她和塔巴内先生对话时评论战争的那句"这只是……排他性的、死亡驱动的男性建构"可以看出，她熟悉、认可后现代的理论话语。她的提问也是自我解构式的。可在伦理学层面，她仍然具有一种（西方）后宗教的伦理观：她并非基督徒，但基督教（奥古斯丁）的伦理框架在她那里却只是有所变形，并没有坍塌。在爱、羞耻（负罪感）和救赎需求背后支撑这个框架的，是灵魂仍然被看作一个实体——上帝虽然退位了，但灵魂不仅仍然存在，而且是永恒的。她的信里无数次写到灵魂。对她而言，人的伦理职责是维护灵魂的纯洁，像一个新生的婴儿般的纯洁。她在自己或女儿身上看到过它的样子。为了洗清自己的历史罪孽，她甚至有模仿基督的献祭冲动，即以自焚的方式上十字架。所以，在政治上，她持有的首先也是一种伦理立场：不能忍受的是政客的愚蠢与无耻，是战争参与者的冷酷和发动者的欺骗。不过，她最终还是在两次目睹了年轻黑人的牺牲之后，对自己的个人救赎式的选择产生了怀疑：在黑暗时代里做个好人是种悖论；这个时代需要的是英勇的斗争。

如果以其他人物做参照，尤其是从库切的演讲、访谈和对其他作家的评论中寻找坐标（库切是阅读与创作紧密结合的典范），柯伦太太身上可以看到很多人的影子：一个里尔克式的审美主义者，一个习惯自我对话、寻求救赎的陀思妥耶夫斯基的传人，一个纠结于身心二分、灵魂在肉体中寻找出口的女版贝克特，一个齐别根纽·赫伯特式的古典人文主义者，在南非背负着（逝去的）欧洲文明，却没有用武之地；身处大屠杀的阴影之下，又以汉娜·阿伦特为伦理向导（阿伦特的"新生性""行动""世界""恶之平庸"等概念都能在柯伦太太的观念、话语和反思中找到对应）；而在殖民者的历史困局中，和南非白人作家戈迪默、生长在美国南方的福克纳以及越战时期的美国知识分子同命相怜。如果再把眼光放远一点，甚至还可以发现她身上也移植了库切敬佩的南非政治家海伦·苏兹曼的某些性格特质：虽不爱做家务，却有在男性政客的包围和左右两派的夹击之下、坚持自己自由主义立场的骨气。

在《今天的小说》[1]这篇讲话中，库切说进入历史话语的

---

[1] *The Novel Today*，1987年库切在开普敦"每周邮报读书周"上的讲话，刊载于 *UPSTREAM*，1988年第 期。

小说会"表现抗争的人物身上那种抗争的力量",而自治的小说并不以此为目标。柯伦太太就不是一个抗争型的、有历史光环的人物,但她却在另一个方向上固守着一条如刀口般的伦理底线。如果我们将柯伦太太与库切另两本重要作品《耻》和《迈克尔·K的生活和时代》里的主角进行统一考量,或许可以更好地理解这个人物和库切的创作倾向:《耻》里的卢里教授宁愿被体制抛弃,也不愿意接受体制对他的规训;《迈克尔·K的生活和时代》里的K对战争中的国家机器采取一种消极逃避的、不合作的态度,宁可远离人群自生自灭;而柯伦太太则是哪怕自焚,也要"把自己和同时代的人区别开","独自从耻辱的深渊中挣脱出来"。和革命文学中的英雄主义不同,这种坚持底线的品性得不到好处或褒扬,甚至只能承担某种惨淡的结果,但其背后蕴着一股强大的伦理力量,虽然库切并未借此给出道德指令,柯伦太太们也并没有得到救赎,这结果也和现实(虚无)主义的"幻灭"有云壤之别。

这样的总结也许对理解柯伦太太有帮助,也许并不。实际上,这些思想线条大部分都是库切和他所喜爱的作家的。在故事中,柯伦太太就是一个同时承受着身体的痛苦、死亡的痛苦、女儿不在身边的痛苦、身边的人在自己面前死去的痛苦的母亲。一个因为政治的羞辱而感到痛苦、因为个人道德无法自洽而感到痛苦的、有良知的普通人。即使不熟悉南非的历史,不能体会当时南非白人知识分子的困境,我们仍会被她强烈的爱、留恋、愤怒和由诚实带来的伦理创伤所牵动。情感，或者说怜悯，才是这部小说的支点。

二

柯伦太太还有　重形象，那就是一个写作者的形象（这也是部分复制了库切）：一具残躯，但仍然一个字一个字地筑路。坚持言说和写作（有时候言说是写作的排练），哪怕听众只有一个不带耳朵的维克尔和一个远在天边的女儿（维克尔常常是她女儿的替代者），或者只是把她当空气甚至当敌人的新兴一代，也仍然为那些、作为那些"无人理睬的东西"言说和写作，这也是她的顽梗的体现（在阿伦特意义上，也是"行动"这个范畴的体现）。不过，在这封信中，她的叙述位置是多重的、游移的。在直接对她的女儿说话、有一个第二人称的时候，她是一个基本主客体结构中的倾诉者，话语真挚、热烈而又沉痛。在她对一些人和事进行评论的时候，她出语几乎必带反讽，显出作家/诗人本色，她女儿的单一听者的位置就后退了，成了一个隐身的"读者"。在她叙述所经历的事件及其内心活动的时候，她把自己当作观察对象，尽量呈现一种客观的声音，使用报告式的语言，甚至提醒女儿要分辨报告中的主观成分。这时候她更像一个记录者。而在她做自我描述和剖析的时候，她既是在独白，也是在自我对话（那些设问句肯定不是要她女儿回答的),她其实是在一个忏悔者的位置上。信的开头她说,"这封信是写给谁?答案:给你,又不是给你;给我自己;给我身上的那个你"——"我"身上的那个"你",是"我最好的那个自我",是"某个更深刻、更不会变化的你:我爱着的你,永生的你",用弗洛伊德的术语来说就是柯伦太太的"超我"——这句话就道出了叙述位置的这种多重性。这也是一种写作者自道。不变换叙述位置就写不出一份全面的灵魂报告。

这些不同的位置在信中相互交织、叠加,靠一个人的声音就能呈现出一种错杂的复调效果。在情绪上,是悲痛、冷静和反讽的来回转换;语言是诗意的(语素简省、联想跳跃、频繁运用隐喻);而放声言说的同时,总是有一个内在的声音在对自己的言说进行质疑和确认。在情感的沉重、反思的激烈和智性的轻盈之间保持平衡,正是库切作品的张力所在。

[所谓"反讽(irony)",从其效果来说就是:似有言外之意。有些反讽比较明确,就是说反话,比如柯伦太太说那些政客"经过多年的词源学沉思之后,将愚蠢抬高成了一种德行",这是他们的"功绩"。有些反讽在形式上颇明显,比如用讽喻或戏仿,但是含义摇摆不定——说"上帝是条狗"到底是什么意思?有些则相当微妙,需要反复揣摩那种语气。尤其是在有关死亡的事情上,柯伦太太的反讽常常含而不露,显得超然、睿智。比如,她说死后要去的天堂可能是个坐听巴赫

循环播放的酒店大堂,一个不通火车的火车站,就略微有点违背大家的固有想象。(比作人挤人的公共汽车意思就好理解一些——那还是算了!)她和维克尔说话的时候也常常言此意彼。说到自己生了癌,她说它"蹿(make its way)"到她的骨头里了,这里的拟人化有种故意的举重若轻;说天堂里可能有很多规矩,她可能没法照应他,也是一种故作轻巧的暗示,而不是心直口快的牢骚。跟人说话语带幽默本是种友善和平等的表示,可惜木讷的维克尔不太接招。]

这封信的文体本身也同样充满张力。从《圣经》式的庄重简洁到贝克特的诙谐轻快,从莎士比亚式的凌厉恣肆到意识流的流水句,在库切笔下,柯伦太太的文字既循典稽古,又自由多变。句长、句型交错变化,短句看似平易,却往往一语千钧,长句有意奇崛,有时候又显得有点俏皮。比喻多半偏于含蓄,但修辞中不乏游戏性。用字惜墨如金,而另一方面词域又很宽阔。每一个词都坚实,都有隐藏的锋芒,每一个句子都意似未尽,可以反复咀嚼。这种丰富和微妙,和词语组合的简练、气息的峻洁互为映衬。

事实上,柯伦太太的叙述与其说是靠情节,不如说是靠句子在推动:这些简洁强健的句子跟随着思维的律动,生成了一种理性对抗平庸、生命对抗死亡的朗朗节拍。而再仔细一点,或者读出声来,我们就可以看出,叙述语言充满音乐性,或者说也是在模仿音乐:词语的精准、灵动、干净、独立(尤其是形容词独立后置），近义词、同形词的并列，句子的张弛、层进、对位、重复，段落和主题之间的间隔、衔接和另起一曲式的跳跃，尤似巴赫的钢琴曲。叙事和独白几乎是齐头并进，节奏上，有时候一往直前，有时候流连不去。第一章可以说是序曲，维克尔上场，摆烂，以一个带着回响的有力短音收尾；第二章渐起，两个男孩受伤，冲突和悲剧的气氛渐浓，但结束之处被维克尔生生弹出一个变调；第三章是高潮，柯伦太太亲历了两个孩子的死，她的叙述靠着那些近距离的描述、大段的独白和充沛的抒情呼啸着冲到了这一章的末尾，在此处留下了一个气息上的明显回旋；在最后的短章里，叙述速度慢了下来，柯伦太太又回到了与维克尔的"二人世界"，那种极力克制的哀婉让人不忍卒读。这样，这封信的三十三个长短不一的小节，四个节奏起伏、像是乐章的章节，也可以被看作一种对曲式结构的模仿。

三

极具风格的文体特征也对翻译提出了不小的挑战。在译者眼里，用一个比方来说，翻译库切的这本书稿就像是临摹一幅既奔放又收敛、没有一处败笔的大师行书作品，不仅仅要把字认对，还要复现那些线条之美。

试举一例来展现库切在词汇、句法、语气和音韵上的笔

法特点和翻译难点。第一章第九段那句:"就这样,一个小时里,两件事:害怕多时的,有了准信;来个踩点的,又下一道牒",原文是:Two things, then, in the space of an hour: the news, long dreaded, and this reconnaissance, this other annunciation. 这里用一个 space 把时间空间化之后,things(事)就可以名物化(后面两个名词就直接用了动词名词化形式),不需要主谓结构,利用两个逗号,就不需要从句形式,口语化的语法极其省略。(用主谓结构和从句的完整表达应该是:Two things happened, then, in an hour:the news which I had been dreaded for a long time was given to me, and this man made a reconnaissance, which brought an another annunciation to me.)但现代汉语里很难做到把事件完全名词化,译者即使想亦步亦趋地精简语言,也削减不了原文中被省略的动词,否则就会因语素不完整而显得生硬甚至无逻辑,能做的只是换上简切一点的动词而已。在音韵上,这句话的原文音步应该这样划分:Two things | ∧ then | in the space | of an hour | the news | long dreaded | and this re | connaissance | this other | annunciation,排列均匀,抑扬成对,本身节奏感很强;"things" "space" "news" "reconnaissance" 四个词押了 s 的尾韵;最后一个词 annunciation 和前面的 reconnaissance 都是五个音节,前后缀的构词形式相似,辅音 n、s(c)一致,中间的元音押了一种奇妙的元韵;两个 this 还有一个重复递进。译文虽然尽量保

留了这个句子的节奏，但也只在两个"的"字上有一个复韵。reconnaissance 这个词源自法语，意思一般是指军事行动前的勘察活动，是一个术语，柯伦太太用这个词来形容一个流浪汉来落脚这件事，算是个讽喻。她连人这个主体也不提，因为此时让她绝望的不是某个人，而是不可抗的命运。译文用了有点黑话意味的"踩点"一词，但做主宾名词必须加个"的"指人。annunciation 这个词在基督教语境中如果首字母大写，一般加一个冠词 the，指天使加百列告知圣母马利亚她怀上基督的消息，单译为"天使传报"或"天使报喜"；小写的时候就是指一种正式的通告，不过使用率不高。柯伦太太在此处用这个有双重含义的词，也是双关，暗指自己生癌和维克尔的到来都是一种天意。这也符合维克尔"上宾"的身份。而汉语中无法传达这种双关，要传达只能加注，用"下（通）牒"这个说法，语意也只有部分接近。在语气上，两件大事，说得这么轻巧、冷静、微妙，内容和形式的背离本身就是反讽的，译文想要捕捉这种风格，刻意之下很可能就会不顺畅。对于这个句子的译法，在无数次修改之后，译者自己几乎都失去了判断力。

一部 10 万多字的书稿，篇幅虽然不大，但语言精湛，深文隐蔚，处处都是这样的句子，风格沉练、浑成。如果继续用上面那个临帖的比喻，翻译出这种"浑成"已经超出了"临"的范围，所要求的更多是"化"。也就是说，除了炼字、炼句，还要能保持一种统一的文字风格、素质，一气到底。从上面这个例子来看,这样的作品不可能像垫一张纸在母本上面"描"那样去贴着原文直译,而只能在旁边另铺一纸模仿着写。如果水平不够,做不到一气呵成,必定要一笔笔去"勾",去"填",而勾的地方多了,就只能扔开,去读帖、练笔,再来重新临。到最后,他也许能化写出一部有自己笔力、前后风格一致的作品来。就此而言,译者还只是刚刚上路,力所不逮之处多矣。

不过,最难复现的还是那种语言的音乐性:不用怀疑,那肯定是在翻译之中走样、走调甚至走失了的。有时候变换一下语序,就会损失几个音符,有时候句子隔着一段距离重复,译者可能就记错了和弦,而总体上,英语词汇编织的曲谱,也只能凭着直觉,或无奈或侥幸地用汉语的乐器来演奏,对于挑剔的耳朵来说,效果可能一言难尽。

四

总之,库切的这一作品,既是一部有具体历史情境的虚构小说,又是一篇思想("灵魂")的终场报告;既是一场对深层意识的围捕,又是一套词句的阵法。它涉及的重要主题如此之多,或许还可以在别处展开讨论,而其文体的风格,则只有在原文中才能完全领略。

译者笔拙,以铁易金;只盼能有钉头磷磷,嵌进了我们语言的孔洞。

本着对普通读者友好的态度以及学术思维惯性，译者做了不少背景性和阐释性的注释，尤其是打破小说译本惯例的尾注，浅陋或僭越之处，敬请读者和同行批评。

李青长

2022 年 12 月

图书在版编目（CIP）数据

黑铁时代/（南非）J.M.库切著；李青长译.—成都：四川文艺出版社，2024.3
ISBN 978-7-5411-6816-1

Ⅰ.①黑… Ⅱ.①J…②李… Ⅲ.①长篇小说—南非共和国—现代 Ⅳ.①I478.45

中国国家版本馆CIP数据核字（2023）第223175号

Age of Iron by J. M. Coetzee
Age of Iron © J. M. Coetzee, 1990
By arrangement with Peter Lampack Agency
through Big Apple Agency, Inc., Labuan, Malaysia.
Simplified Chinese edition copyright © 2024 by Beijing Xiron Culture Group Co., Ltd.
All rights reserved.

版权登记号：图进字21-23-280号

HEITIE SHIDAI

黑铁时代

[南非] J.M.库切 著 李青长 译

出 品 人	谭清洁
特约监制	王传先
责任编辑	邓 敏
责任校对	段 敏

出版发行	四川文艺出版社（成都市锦江区三色路238号）
网　　址	www.scwys.com
电　　话	010-82068999（市场部）　028-86361781（编辑部）
印　　刷	三河市中晟雅豪印务有限公司
成品尺寸	787mm×1092mm　开　本　32开
印　　张	8.125　　　　　　　字　数　170千
版　　次	2024年3月第一版　印　次　2024年3月第一次印刷
书　　号	ISBN 978-7-5411-6816-1
定　　价	62.00元

版权所有・侵权必究。如有质量问题，请与本公司图书销售中心联系调换。电话：010-82069336